她的唇✦她的吻

作者——希澄
繪師——JUAN捲

Contents

Chapter 1

倘若幾年前，有人告訴魏瀾，未來有一天她會去相親，魏瀾肯定會當作玩笑話一笑置之。

可幾年後，魏瀾還是對父母妥協了。

魏瀾想，最糟糕的人生意外莫過如此，不會更難堪了，可她沒想到，命運遠比自己所想的更荒唐——

當本該落坐於方桌對面的蕭旭昇，換成一個女人翩翩而至時，魏瀾只感到荒謬。

更要命的是，這個女人，她認得——甚至是，近乎恨之入骨。

那是蕭黎暄，她的死敵。

◆◆◆

魏瀾覺得，自己忽然跟八點檔女主角有了共感。

若眼下手邊有酒水，魏瀾想自己可能會毫不猶豫地對著蕭黎暄潑灑，然而，魏瀾手邊既沒有酒水，也沒有打算起身拉扯對方頭髮大打出手，她只得對著蕭黎暄似笑非笑的面容，用著極其冷淡地口吻說道：「妳不該在這。」

蕭黎暄並不意外魏瀾見到自己的第一句話，不是驚訝，而是命令。

蕭黎暄挺直背脊，上身前傾，單手支著下顎，一雙美麗的杏眼直直地看著魏瀾。

「我出現在這，對妳而言很困擾嗎？」

蕭黎暄一向擅長問A答B，這幾年來魏瀾領教過不少次，但沒有一次如現下令她如此不悅。魏瀾向後靠著舒適的沙發椅背，雙手抱臂，神情冷涼。

「妳把自己看得太重要了，俐奧執行長。」

蕭黎暄的表情有一瞬的凝滯，速度極快，眨眼即逝，魏瀾幾乎要以為是自己看錯了。

或許蕭黎暄擅長問A答B，讓人氣不過，但魏瀾的直言直面，有時更加傷人。過去蕭黎暄不曾在魏瀾面前表現過脆弱，現在更不會。

蕭黎暄彎彎唇角，收回身子，在魏瀾面前始終驕傲的她，即便心無底氣，也能自信昂揚。

「——能有我代替表哥出席相親，也算是相當禮遇妳了，艾偌總經理。」

即便是長年與蕭黎暄你爭我奪的魏瀾，也沒料想到蕭旭昇與蕭黎暄之間是表兄妹的關係，也在得知後的片刻，燃起了慍火。

「……你們蕭家是在愚弄我嗎？」

面對魏瀾隱忍的怒火，蕭黎暄收起幾分似笑非笑的輕鬆笑容，轉看向一樓有諸多政商名流參與的派對現場。

蕭黎暄的側臉是極好看的。

與蕭黎暄敵對這幾年，魏瀾從未真正輕視過、否定過蕭黎暄，反之，她將對方視為良好勁敵，常常對她氣得牙癢癢，卻又在心裡佩服蕭黎暄在種種決策上的靈活與勇於創新。

所以，魏瀾此刻才會這麼生氣吧？

魏瀾不敢說自己可以理解蕭旭昇平白無故的缺席，但換作是其他任何人，魏瀾想，自己可以做到毫無波瀾。

本來，這就是一場被雙方父母強勢安排的相親場合，且所在之處是一個魏瀾無法抗拒的場所——人脈是相當重要的商業手段，魏瀾不會放過這次的機會，等同於她一定會出席這場相親。

魏瀾本來想，這場相親簡單應付即可，甚至在她的預想中，她可能會視情況直接向對方挑明自己並無意願相親；但要是對方順眼，也不是不能先從朋友做起。

可是，現在坐在她對面的人，可是蕭黎暄！

「要是我存心戲弄妳，又何必赴約呢？」

蕭黎暄話音很輕，魏瀾默了下，順著蕭黎暄的視線望去，底下富麗堂皇的大廳中有個眼熟的身影。

魏瀾哼笑，她真的險些以為蕭黎暄是真心實意——她會出現在這，也不過是為了這位海歸的服裝設計師吧？

蕭黎暄收回視線，迎上魏瀾不置可否的視線時，坦然地笑了笑，道：「我表哥身體不舒服，怕自己放妳鴿子會不好意思，所以我來了。」

蕭黎暄清淡的口吻無處不是上對下的施恩，魏瀾感到荒謬不已，不小心氣笑了。魏瀾無論面對誰都可以處之泰然，可偏偏對蕭黎暄的忍耐度為零。

以前便是如此，近年更是變本加厲。

魏瀾放下環胸的手，看了眼手錶，冷淡道：「那還真是謝謝了，蕭家的待客之道我切身體會到了，先走了。」

「——我還有件事情。」

欲起身轉頭離開的魏瀾因為這句話而停住，她想，蕭黎暄除了氣死自己以外，還能有什麼事呢？魏瀾漫不經心地瞥了蕭黎暄一眼，卻在迎上那深沉的目光時，不禁微愣。

在魏瀾印象中的蕭黎暄，總是掛著討人厭的優雅笑容，面對著自己的微笑更是半分真、半分假，讓人看著難以舒心。

她與蕭黎暄這幾年來明爭暗奪，業界都知道她與蕭黎暄不合，時常爭個你死我活，誰也不讓誰。

時是魏瀾搶下總代理，偶是蕭黎暄奪得獨家授權，在這蒼茫的服飾深海之中，雙方各執一方，一直保持著高度競爭關係。

沒有一次，蕭黎暄不是帶笑迎戰，面對著自己總是笑得自信迷人，在魏瀾眼裡是那樣扎眼。

魏瀾想過好幾次，有一天，一定要讓蕭黎暄笑不出來——

可不是現在，不該是現在。

魏瀾沒走，低眼直直地看向蕭黎暄，漠然道：「我時間不多。」

蕭黎暄彎彎唇角，早已習慣魏瀾這樣冰冷的態度，以及眼中的不可一世。魏瀾過去是這樣，現在也是，未來更應是如此。

只可惜，蕭黎暄想，自己無法參與魏瀾的「以後」了。

「我有個交易，想跟妳談談，妳肯定感興趣的——」

蕭黎暄說這話時，語氣輕鬆，甚至帶著一點挑釁。蕭黎暄自認自己舉止如常，可在魏瀾聽來，蕭黎暄毫無往日的自信與優雅。

因此，魏瀾坐回了位置。

蕭黎暄神色並無太大變化，只是含著一抹笑，忽地對著一樓大廳方向，昂了昂優美的下顎。

魏瀾順著望過去，發現是方才那位海歸的服裝設計師，身旁有一位陌生男子，兩人貌似聊得相當歡快。魏瀾不解，但很快地，蕭黎暄便為她做出了解答。

「那是以後要頂替我的人。」

魏瀾一怔。

那張素日常面無表情的精緻臉蛋，難得表現出驚訝，蕭黎暄本來以為自己會很開心的，可事實上，她只感到不甘心。

蕭黎暄望著魏瀾，凝視著讓自己追逐許多年的傲然身影，雖心有不甘，但是，事已至此，她別無選擇。

「魏瀾，我要跟妳談的『交易』就是——妳來當我上司吧。」

蕭黎暄如此道。

◆◆◆

時近九點，魏瀾的特助姜于彤驅車出現在酒店門口。

九點一到，姜于彤下車等候自家上司，不一會，酒店門口走出來一個人。

無論姜于彤為這人做事多久，偶爾，還是會在迎上那雙如寒冰般的晶透眼眸時，呼吸凝然，近乎感到窒息。

那是一個眉目清冷，眸中似有一片碎冰灑落，宛若從霜雪之中走出的女人。她的周身有數名壯碩魁梧的保全人員圍住，女人處在其中，踩著低跟鞋，踏著一地月光而來。

興許是為了今晚的盛宴，女人特意梳化過，放下了平日盤起的髮，那長及胸下的冷棕色細髮如綢緞般柔滑。她的上身是一件剪裁合宜的法式襯衫，後背是V型鏤空設計，露出一片白若皚雪般的肌膚。在髮梢落於之處，衣後打上了一個蝴蝶結。

隨魏瀾之後走出的蕭黎暄，視線便落於此。

蕭黎暄凝視著魏瀾，見她坐上特助的轎車揚長而去，她輕吁口氣。

若是不知情的旁人來看，大抵會認為這掌管俐奧的執行長，是在對著艾偌的總經理咬牙切齒，巴不得拆食入腹，狠狠將對方拽下。

事實上，魏瀾與蕭黎暄之間的關係明面上確實如此。

前車方走，後邊一台休旅車隨之而到。坐在駕駛座上的蕭旭昇手握方向盤，有些緊張又焦急地四處張望。

他鮮少來這種場合，也知道讓表妹頂替自己出席相親的行為有失顏面，且不太光彩，不知道那位傳說中的「魏總」，會不會刻意刁難蕭黎暄？

思及此，蕭旭昇抓抓後髮，正感到懊惱之際，餘光中瞥見一抹身影。

無論蕭黎暄身處何處、身邊何人，總能自然而然地成了一幅畫。

入夜晚風微涼，拂過那清麗面容，捲起幾綹髮絲。那如白玉般的修長手指，隨意將髮勾之耳後，她的側顏溫潤，紅唇不抹而豔，清澈的美眸彷若含著一池春水，風來陣陣，萬般柔情。

蕭黎暄身姿優雅，微昂起下顎，側頸線條優美，長睫濃密，陰影下一雙美麗杏眼似乎在尋著人。路過的人見到，僅是駐足片刻，又邁步離開，不敢上前攀談。

儘管她身態柔美萬分，唇角弧度彎得恰到好處，優雅而迷人，可那笑中總帶著幾分疏離，看似隨和溫淡，可總在迎上那雙眼眸中的清洌寒光時，讓人退避三舍。

遠看眸中是一片細碎星辰，近看實則似是凜冬削磨過的刀鋒般，毫無嬌軟柔弱。

忽地，蕭旭昇對上了那雙眼眸，便見蕭黎暄瞇了瞇眼，邁步朝自己走來。

蕭旭昇吞嚥了下，手心冒汗。雖然他長蕭黎暄幾歲，但面對這個表妹，他總有些戰戰兢兢，遑論眼下他心中對蕭黎暄抱著幾分歉疚——儘管當初是蕭黎暄主動開口，性子溫厚老實的蕭旭昇仍感到不好意思。

蕭黎暄熟稔地開門坐到副駕駛座，一面脫下肩上那件鑲鑽的墨綠小香風外套，一面搶在蕭旭昇開口前說道：「今天……不算太糟。」

聞言，蕭旭昇眉頭緊皺，對這似是而非的答案顯然有些無所適從。在蕭黎暄的催促下，蕭旭昇趨車駛離酒店，在紅燈前時不時地瞄著蕭黎暄漫不經心的側臉。

大抵是被蕭旭昇看得煩了，蕭黎暄微蹙眉，不耐煩地道：「我沒搞砸些什麼，別擔心了。」

紅燈轉為綠燈，蕭旭昇腳踩油門，視線直視前方，心思卻全在自家表妹身上。

太不尋常了。

蕭黎暄與魏瀾之間的交惡眾所皆知，其中自然包括蕭旭昇。身為蕭黎暄的表哥，蕭旭昇沒少聽過蕭黎暄對魏瀾的惡語，所以，蕭旭昇以為，蕭黎暄一上車肯定抱怨連連時，蕭黎暄僅是沉默。

然而，保持沉默的，不只有蕭黎暄。

在另一輛轎車裡，駕駛座上的姜于彤正頻頻從後照鏡中看著自家上司。

姜于彤分心魏瀾，並不是因為魏瀾的沉默，事實上，魏瀾本就惜字如金，素日辦公從不說冗言贅詞，惟事情與蕭黎暄之間有掛鉤時，才會多說半句。

令姜于彤在意的是，今日場合她收到消息，聽說她的上司與蕭黎暄同坐一桌，且沒有如平日那般劍拔弩張。在商場上，魏瀾與蕭黎暄明爭暗奪這幾年，每次角力是誰也不讓誰。

所以，姜于彤以為，今日魏瀾一上車，應該會向她提及蕭黎暄的事，可偏偏魏瀾只是沉默，且似乎要比平日更安靜。魏瀾的安靜是沉穩的、內斂的，雖不張揚但也絕無可能忽視。

可現在，魏瀾的沉默像是遇上棘手難題那般，望著車窗外的側顏若有所思，狀若心事重重。

魏瀾作風一向狠戾果斷，尤是與蕭黎暄有關的，更是狠絕非常、乾脆俐落。

因此，要是魏瀾此刻的心事與蕭黎暄有關，那麼，姜于彤會非常訝異——

「俐奧最近有沒有什麼風聲？」

姜于彤暗暗倒抽口氣，轎車也在此刻駛進魏瀾所住的豪宅大樓停車場。將車停妥後，姜于彤才應道：「我會去查。」

魏瀾淡淡地嗯了聲，那單音節透出一絲煩躁，令姜于彤實在難以忽視，語間謹慎。「今晚發生了什麼事嗎？」

事。

聽著自己萬分信任的特助問了這麼一句，魏瀾才意識到，自己似乎比想像中的更在意這

停車場燈光昏暗，那精緻冷淡的面容神色難辨。魏瀾垂下眼，腦海中竟全是那柔媚笑顏不再盛放時，神情透出的孤冷與寂寥。

「──說是交易，其實也不過是我單方面的『請求』。」

蕭黎暄如此說著。

方桌之間，煙硝瀰漫。

魏瀾桌下的手搭在大腿上，在不經意間微微地攥緊。魏瀾的臉色有些難看，但蕭黎暄並不在意，故作輕鬆地繼續道：「商人不做虧本生意。」

言下之意是，這交易穩賺不賠，魏瀾沒理由拒絕，可魏瀾聽著卻感到有股慍火悄然蔓燒胸臆。

那胸中焰火甚至要比得知由蕭黎暄頂替無故缺席的蕭旭昇時燃燒更盛。而魏瀾當下並未細想，為何自己如此惱火。

理性判斷眼下情況，確實對魏瀾而言是百益而無一害，是天上掉下一塊可口餡餅，魏瀾沒理由不伸手豪奪。

然而，魏瀾卻發現，自己不想這麼做。

魏瀾絕非無打敗蕭黎暄之意，可是……她發現，自己竟不希望用這種方式結束與蕭黎暄的

競爭關係。

於是，魏瀾這麼開了口——

「妳甘心嗎？」

簡單四個字，砸得蕭黎暄頭暈目眩，內心隨之翻起滔天巨浪。蕭黎暄告訴自己，不能示弱，更不軟弱。

蕭黎暄想，倘若她想繼續站在魏瀾面前，便不能低頭，絕對不能。

縱然離開，她也要驕傲地、挺直背脊地轉身離去，而不是狼狽逃開。

所以，面對魏瀾毫無起伏的質問，蕭黎暄嚥下千言萬語，化為唇邊一道恰到好處的優雅弧度，輕鬆道：「與其讓來路不明的人接手，不如交給我信任的敵手啊。」

聞言，那好看的細眉微蹙，周身溫度驟降幾度。換若常人，感受這般壓力肯定避而遠之，可偏偏坐在魏瀾對面的，是同樣驕傲、同樣要強的蕭黎暄，她面對冷漠的魏瀾，只是挑起唇角，面上毫無懼色。

魏瀾直視著這樣的蕭黎暄，一度認為這只是個玩笑，一如這場相親一般荒唐，可蕭黎暄那別於輕鬆笑容的認真眼神告訴她，這絕非玩笑。

更何況，她認識的蕭黎暄，不會開這種玩笑——因為她倆同樣熱愛自己的事業、自己所待的產業，以及享受這種競爭關係。

魏瀾所認識的蕭黎暄啊……

在幾年前，第一次見到蕭黎暄時，魏瀾便知道，自己不會喜歡蕭黎暄。她不會喜歡那昂揚自信的微笑、不會喜歡那含媚的勾人眼梢……她最不可能喜歡的，是那雙總直直看進自己眼裡的澄澈眼眸。

所以，在學期間魏瀾不曾認真注視過蕭黎暄，逕自大步向前，直到再也看不見讓自己心煩意亂的眼神。

畢業後，魏瀾以為離開學校，便再也不會見到總緊追在後，逼得魏瀾不得不持續無畏向前的蕭黎暄。

可是，魏瀾錯了。

闊別幾年再見面，蕭黎暄不再是學校中的學妹，而是站在自己對立面的、最難纏的敵人。

這一次，蕭黎暄入了她眼，再不能輕易忽視。

這樣的蕭黎暄，說著自己要放棄了、要雙手奉上自己拚搏多年的心血……魏瀾不知道該怎麼接受。

魏瀾不想接受。

既然不想接受，那麼，不接受就可以了。

「——我認識的蕭黎暄，很討厭。」

蕭黎暄目光一滯，怔忡地望著魏瀾，被這一句話堵得語塞。魏瀾神情極冷，語間冰霜滿布，嗓音微沉道：「非常的，討厭。她有令人咋舌的無限創意、勇於創新的膽識，以及無人能及的優越才能……這是我認識的蕭黎暄。」

話音方落，魏瀾那宛若凜冬削過般的鋒利眼神，劃過蕭黎暄，話語透出絲絲寒意。

「而妳，是誰？」

蕭黎暄一怔，在迎上那毫無溫度的冰冷眼眸時，心中一驚。

不知為何，蕭黎暄感覺到魏瀾非常不開心，那是這幾年來從未在魏瀾身上感受過的龐然盛怒，一時間，蕭黎暄也無法細想其中原因為何，只是在言談之間，忽地豁然開朗。

魏瀾並非對自己的情緒毫無覺察，只是，連她都無法立刻梳理清楚這樣的煩躁從何而來，她只知道，這一切全因蕭黎暄而起，那也該由蕭黎暄結束。

因此，魏瀾收起幾分寒氣，淡淡道：「下個月在英國有一場時裝展，我會到。」

妳也該到。

未盡之語，昭然若揭。

語畢，魏瀾拎包起身，離開桌前，踩著低跟鞋下樓，獨留蕭黎暄在那。

倘若魏瀾回頭，便會見到蕭黎暄眼中那無法藏掖的情感，是戀慕，也是不捨。

那雙澄澈的美眸中，這麼多年來，只有魏瀾一人。

相親過後，姜于彤用最短的時間查明俐奧相關的換職消息，確有幾則消息值得注意，姜于彤彙整之後走進魏瀾辦公室呈報。

魏瀾的辦公室採半開放式隔間包廂，位於高樓邊角採光極好，整間辦公室寬闊明亮。午後暖陽斜斜地照進辦公室，落於魏瀾身側，那銳利精緻的五官似乎也因為陽光而柔和了些。

聽見腳步聲，魏瀾抬眼，拿起平板開始閱覽資料，一邊聽著姜于彤呈報。

面對魏瀾，姜于彤總是戰戰兢兢，沒有一刻輕鬆以對，縱然她不太明白為何魏瀾會想知道這些小道八卦，她也用著如日常會議般的嚴謹口吻闡述情事。

語畢，魏瀾不發一語。縱然是些謠傳消息也有其參考之處，再者，有蕭黎暄那一齣，魏瀾不得不信真實性。

思及此，魏瀾放下平板，又交代了一件姜于彤想不明白的工作。

「列一份近幾年的品牌合作細目給我，潛在客戶也一併附上。」

對於上司的交代事項，尤其當這人是魏瀾時，以往姜于彤不會過問，更不會多問一句「為什麼」。

可這一次，姜于彤感到有些遲疑，可最後還是微微頷首後抱著平板走出辦公室。

姜于彤離開後，魏瀾輕吁口氣。

姜于彤眼中的疑惑，魏瀾不是沒看見，而是無從解釋起。她很感謝姜于彤的不過問，同時也知道，自己現在的行為具一定風險又矛盾。

魏瀾重新拿起平板，看著資料中的蕭黎暄側影，魏瀾眉頭微皺，不耐地嘖了聲。

真的是，很討厭。

姜于彤回到座位上後，本該立刻著手進行魏瀾交付的任務，可她卻情不自禁地揣測起魏瀾的想法。

魏瀾是一個，相信理性數據勝過感性直覺的領導者。

在姜于彤心裡，魏瀾像是一台精密的機器，她所做出的決策總是精準理性，鮮少有私人情緒摻和其中，所以姜于彤不明白，為什麼這次魏瀾遲遲不肯出手？

在商場上，搶得先機的重要性，姜于彤懂，魏瀾不可能不懂，可偏偏俐奧明明傳出幾則不利於蕭黎暄的消息，可以說是天賜良機，魏瀾卻沒有下一步的動作。

這可是魏瀾能徹底打敗敵手的絕佳機會啊！

魏瀾與蕭黎暄僵持不下的這幾年，身為魏瀾的特助，姜于彤全看在眼裡，也衷心期盼魏瀾能早日擊垮這礙眼的敵手。眼看勝券在握，魏瀾卻表現得意外消極，姜于彤只得為她著急。

要是，魏瀾的舉足不前有不能言說的理由，那麼姜于彤想，或許這次，她可以為魏瀾披荊斬棘，除掉魏瀾邁往康莊大道上的阻礙——蕭黎暄。

思及此，姜于彤捎了訊息，遠渡重洋，寄往海外。

在前往那場與魏瀾的相親之前，蕭黎暄設想過各種後續可能發生的風暴。

或許，翌日一大清早，艾偌準備吃下俐奧的消息便傳遍公司上下，又或許是艾偌可能會在業界投下震撼彈，讓所有人都知道蕭黎暄即將丟了執行長一職……等等，蕭黎暄腦海中閃過的無數種情況，沒有一個如期發生。

反而，在相親之後，本來走得坎坷又磕絆的俐奧，竟風生水起。

原本談不攏的合作意外敲定、當初沒談成的曝光贊助忽然拿下，一直杳無音訊的品牌方也取得了授權……

看著簡祕書呈上的報告，蕭黎暄內心毫無波瀾，眉頭緊皺，面對近日佳績不發一語。

本來進會議室前表情相當雀躍的簡祕書，在見到蕭黎暄隨著報告進行愈發沉重的臉色，跟著收斂起自己的欣喜之情。

末了，蕭黎暄仍舊沉浸在自己思緒中，若不是簡祕書輕聲提醒，蕭黎暄這才回神。

「謝謝，妳先出去吧。」

蕭黎暄與魏瀾同居高位，也同樣用能力服人，但不同的是，蕭黎暄會照顧他人的情緒，魏瀾不會。

所以，即便蕭黎暄心事重重，也能對著自家祕書揚起好看的笑容，佯裝若無其事地輕鬆道：「近期大家表現很好，撥些獎金吧。」

話落，簡祕書興奮地低呼一聲，便開心地離開辦公室，獨留那隨祕書離開而弭平唇邊弧度的蕭黎暄繼續深思。

這是，不可能的。

蕭黎暄打開筆電，再一次審視這些彷若天降奇蹟般的好運，蕭黎暄愈看愈感惶恐。

在商場上，運氣當然是一種實力，但太多的好運只會讓人無法心實。蕭黎暄雖然不缺乏自信，但是，太過順遂了。

而且，偏偏是在與魏瀾見過之後，好運才接踵而來，這讓蕭黎暄不得不這麼猜想——

會不會，這一切與魏瀾有關？

意識到這個可能，蕭黎暄心頭一震，但很快地，她自嘲般的輕笑一聲。

怎麼可能呢？那可是魏瀾啊……是從學生時期起，無論蕭黎暄如何追趕，也沒能盼到那一眼的魏瀾啊……

但是，倘若真的是魏瀾有意為之呢？

蕭黎暄從不是待在原地踏地、裹足不前的人——她立刻起身收拾，拎著公事包走出會議室，驅車前往她從未踏入、卻心生嚮往許多年的地方。

那是，有魏瀾所在的艾偌。

時近七點，魏瀾闔上筆電，準備起身關上艾偌內部最後一盞燈。

帶領艾偌這幾年，魏瀾總是第一個到公司、最後一個離開，嚴守她為自己設下的紀律。在魏瀾領導期間內，她嚴格要求全公司上下不得加班。

魏瀾並不是體恤下屬，而是她認為，若無法在上班時間內完成工作，那只代表一個人的工作效率差強人意；既然工作能力欠佳，公司要你何用？

這一點，艾偌全體上下員工都知道，蕭黎暄也知道。

七點一到，魏瀾準備關上艾偌內部最後一盞燈時，魏瀾放在桌上的手機忽然悶聲作響。

魏瀾瞥了一眼，隨即有些怔然。魏瀾拿起手機，螢幕上並未顯示來電人名稱，魏瀾思緒千迴百轉，最後按下了通話鍵。

「誰？」

聽到魏瀾那飽含質疑的聲音，蕭黎暄沒忍住地輕笑一聲，也因為這聲輕笑，使得魏瀾立刻辨認出來電人身分，語間帶著一絲不可置信。

「蕭黎暄？」

『是。』

魏瀾拿遠手機，再次確認蕭黎暄所撥打的電話，是自己的私人號碼，並非公務電話後，疑問如汽水泡泡般湧現。

第一，雖然兩人勉強稱得上是舊識，但也不過是學姐學妹的關係，蕭黎暄是怎麼拿到自己的私人號碼的？

第二，蕭黎暄到底持有這個號碼多久了？在她們認識的好些年來，這可是蕭黎暄第一次撥這個號碼給自己啊……

『我現在在艾偌。』

魏瀾一滯，前方牆面上的ＬＥＤ時鐘顯示七點整，魏瀾左手持手機，右手按下了牆壁上的燈光開關。

「所以呢？」

雖失了對話先機，但魏瀾絕不是會被牽著鼻子走的人，更何況這個人是蕭黎暄，魏瀾絕不會任由自己屈於下風。

這一點，蕭黎暄早已預料到了，所以蕭黎暄並不因此惱火，反而語氣含著一絲笑意地道：『妳得見我。』

「憑什麼？」

魏瀾的語氣極冷，語間那股寒氣透過話筒傳遞而來未損半分，可蕭黎暄並未被逼退，反而，往前踏了一步。

『憑妳做了讓我不得不來找妳的事情。』

魏瀾薄唇微張，可蕭黎暄更快了一步，接著說道：『我在說什麼，妳心裡沒點想法嗎？』

魏瀾的辦公室位於高樓邊角，採光及視野極好，縱然室內燈光全暗，皎潔月光仍能輕易灑落一片，因而照亮了魏瀾僵硬的臉色與微抿的唇角。

此刻，魏瀾不禁有些慶幸兩人並未實際面對面，而是在通話之間，不然，魏瀾認為自己恐怕沒辦法佯裝若無其事，矢口否認到底。

魏瀾知道，蕭黎暄遲早會猜到，但沒想到這麼快，這在魏瀾的預料之外。

可再細想，這人可是蕭黎暄，是自己在商場上最重要的敵手，怎麼可能會如自己所願呢……

思及此，魏瀾反而找回自己的進攻節奏，淡然道：「我不見妳又如何？」

聞言，蕭黎暄彎彎唇角，在魏瀾看不到的地方，目光放柔。

真的是，要強得讓人沒辦法不喜歡啊。

但是，蕭黎暄知道，自己對魏瀾懷著的情感不能表現出半分，於是，她只得平聲說道：

『妳不見我，我心裡就會不斷想著妳……所做的那些事情。』

這個回答，合情合理，在魏瀾聽來並無異處，同時，也不夠有力。魏瀾拎著公事包走出艾偌，筆直地走到電梯前，按下按鍵。

「蕭黎暄，我不是妳的下屬，我不需要跟妳呈報些什麼。」魏瀾冷冷答道。

在魏瀾以為對話將止於此時，蕭黎暄拋出了一個，她無法斷然拒絕的條件。

『要是妳來停車場，我就告訴妳為什麼我有這支號碼，艾偌總經理。』

魏瀾咬了咬牙，走進電梯，按到B2停車場。

◆◆◆

電梯門開，一道白光乍然刺入眼簾，蕭黎暄瞇起眼，恍然地想起大學系辦中的那盞光。

在大學系辦中，有兩個獨立的辦公空間，一是系主任辦公室，二是系學會活動室。活動室的空間不大，但足夠魏瀾處理系上事務。

每當蕭黎暄想見魏瀾時，總會藉故到系辦找系助聊天，聊著聊著，目光便忍不住飄向左手邊的系學會活動室。

在白熾光下的魏瀾，身影孤冷，側臉有些青澀卻仍是那麼好看，宛若一塊上好璞玉，在經過幾年社會歷練的打磨下，光芒璀璨、明亮耀眼。

此時與彼時不同的是，蕭黎暄在學生時期努力了那麼多年，也沒能讓魏瀾回頭看自己一眼，而現在，她終於能站在魏瀾面前，與她站在同個高度。

「我沒有留時間給妳，蕭黎暄。」

儘管蕭黎暄知道，魏瀾不喜歡自己，縱然自己特意前來一趟，也不會有好臉色——可偏偏，蕭黎暄內心深處還是有一絲絲期盼，在魏瀾做了這些事情之後。

但，事實上是，魏瀾走出電梯後，劈頭落了一句冷語，見到自己出現在這似乎毫無驚喜。

蕭黎暄自嘲般的彎彎唇角，她與魏瀾為敵多年，也掩藏自己情意多時，不會因為這點小事而亂了陣腳，所以蕭黎暄僅是笑了笑，泰然道：「這麼巧，我也是。」

看著笑容輕鬆的她，魏瀾莫名地感到一陣惱怒，臉色繃緊，壓了壓唇角，沉聲道：「很好，既然我們有共識，那趕緊解決吧。」

蕭黎暄似笑非笑地看著魏瀾，語氣帶著幾分揶揄。「在這裡？讓人見到俐奧的執行長跟艾偌的總經理待在一起？」

魏瀾瞇了瞇眼，蕭黎暄果然很討厭。

魏瀾走向蕭黎暄那台紅車，示意要蕭黎暄解鎖車門後便逕自開門坐進副駕駛座。被甩在後面的蕭黎暄目光閃爍了下，隨之走向轎車。

蕭黎暄沒想到，會是這個發展。

蕭黎暄本來以為，魏瀾會轉頭就走，或是領自己走進艾偌，可沒想到，魏瀾會坐進她的車。

蕭黎暄離轎車並不遠，不過是幾步路的距離，可每踏一步，蕭黎暄的心思便多繞了幾圈。相親過後的魏瀾，蕭黎暄是愈發地猜不透了。

一坐進駕駛座，蕭黎暄便聞到一股冷香，很清、很淡，恰似一片無垠雪地，她尋香轉頭，便見到單手支頭，倚著車門狀似若有所思的魏瀾。

別於那日相親晚宴的精緻盛裝，平日在公司裡的魏瀾裝扮乾淨俐落，今日上身是一件剪裁

合宜的深藍色綢緞襯衫，袖口上折，露出白皙細瘦的前臂。

視線上移，V領敞開的領口下是線條分明的鎖骨，連著優美的側頸，隱入衣間。

「去岳海樓。」

「……嗯？」

蕭黎暄收回視線，一時間以為自己聽錯了。魏瀾有些不耐煩地複述一次，蕭黎暄一面驅車離開停車場，一面道：「去那做什麼？」

魏瀾淡淡地瞥了蕭黎暄一眼，目光帶著幾分審視與玩味，幽幽道：「蕭旭昇的父母堅持要請我吃飯當賠罪。」

蕭黎暄差點駕車撞上分隔島。

蕭黎暄穩住方向盤，直視前方車況，不可置信地說：「那妳自己去啊，叫我載妳過去做什麼？」

「我本來是要自己去的。」

「……」

蕭黎暄覺得，自己下次出門真的得看黃曆，別貿然搞突襲，一不小心就栽了自己。

抵達位於繁盛市中心內的岳海樓後，蕭黎暄被魏瀾拖上樓，直抵包廂。

一進包廂，蕭旭昇的父母、蕭黎暄的阿姨藍女士與姨丈蕭先生雙雙瞪直了眼。

「黎暄？妳怎麼在這？」藍女士怔怔道。

這時，魏瀾先一步開口，掛上一抹淺笑，淡淡道：「我跟蕭黎暄本來在談公事，想到蕭叔叔與藍阿姨也都認得蕭黎暄，那一起吃個飯好了。不好意思來得倉促，沒能先知會。」

聞言，蕭黎暄在心裡翻個白眼，說得那麼自然又輕巧，眼也不眨，可真偽善。魏瀾似有所感，微微揚起唇角，又補了句話。

「相親那天，我受到蕭黎暄很多照顧，請叔叔阿姨不用放在心上。」

睚眥必報的女人！

美眸圓睜，蕭黎暄瞪了眼魏瀾後，趕緊向自己的阿姨與姨丈解釋道：「阿姨，那天哥他身體不舒服我才去的，雖然很臨時，但我沒有給哥亂說話。」

在旁的魏瀾不發一語，觀察蕭黎暄與蕭旭昇父母之間的互動。

其實，魏瀾對那場相親一直抱持著存疑。不是說蕭旭昇不能臨時身體微恙，而是蕭黎暄的動機。

魏瀾甚至忍不住懷疑，蕭黎暄背後是不是有人？而這人物，會不會與蕭旭昇的父母有關。

但見到蕭黎暄慌張的模樣，以及蕭旭昇父母那無奈又心軟的態度，似乎，不像是有意為之。

所以，那天相親，真的是蕭黎暄自願頂替蕭旭昇的嗎？真是如此的話，魏瀾想不明白，為何蕭黎暄願意出席相親？對象還是自己痛恨的敵手。

「魏瀾？」

聽到藍女士的喚聲，魏瀾回神，解除心中疑慮之後，她也放下戒心，主動與藍女士和蕭先生閒話家常。

岳海樓菜色極好、味道極佳，本來蕭黎暄應該能大快朵頤一番，但因為有一個如未爆彈般的魏瀾在旁，蕭黎暄這頓晚餐吃得有些消化不良。

在終於吃完正餐上甜點後，蕭黎暄正覺鬆口氣時，一顆心又提起。

「魏瀾啊，那妳能原諒旭昇上次突然放鴿子嗎？」藍女士小心翼翼地詢問。

魏瀾不甚在意地勾勾唇角，語氣自然。「沒事，我可以理解。」

話落，藍女士欣喜之情形於色，語間染上幾分雀躍，頗有趁勝追擊的氣勢，緊接著問：

「那如果，我們再安排一次，妳願意賞個臉嗎？」

蕭黎暄舀著甜湯的手一頓。

蕭黎暄深知自己能阻止一次，也只能一次。若再有下次相親，蕭黎暄覺得，自己阻止不了。

蕭黎暄的心跳有些紊亂，席間因為這句話而靜下，不只是她，蕭旭昇的父母也在等魏瀾的回答。

魏瀾放下手上銀匙，默了會，薄唇微張。

◆◆◆

「蕭旭昇也是這麼想的嗎？」

「……嗯？」

同一時間，蕭家三人擺出相同反應，魏瀾拿起紙巾，優雅地擦拭雙手邊道：「沒有不好，只是今天蕭旭昇不在場，怕他為難。」

還真是答得相當精妙，蕭黎暄想。蕭黎暄很快地明白魏瀾這是在打太極，既沒讓蕭旭昇的父母難堪，也給了蕭旭昇面子與尊重，且魏瀾也沒有把話說死，符合蕭旭昇父母的期待。

可也因為魏瀾沒把話說死，蕭黎暄更感坐立難安。

飯後，蕭先生以「女孩子別太晚回去」為由，早早趕了蕭黎暄與魏瀾離開。在兩人上車前，蕭黎暄清楚聽到那對兩老的嘀咕。

「看來黎暄與魏總也沒傳聞中的那麼不合嘛……」

聞言，蕭黎暄只感到啼笑皆非，暗自慶幸暫時過了阿姨與姨丈這關，沒有被秋後算賬。

車門一關上，蕭黎暄還未緩過氣，魏瀾便直道：「蕭旭昇是真的沒有其他對象？」

握著方向盤的手一頓，蕭黎暄想到魏瀾曖昧不明的態度，狀若雲淡風輕地反問：「妳想確認什麼？」

魏瀾沒那麼多千迴百轉的心思，不耐煩地蹙眉，語氣不善。「誰知道妳們這些姓蕭的在想什麼？要是蕭旭昇其實私底下有對象，就別搞煙霧彈這招了。」

儘管蕭黎暄極度渴望明瞭魏瀾的真實心意，但暫且也只能壓下心中的千愁萬緒。蕭黎暄知道，要是自己躁進，依魏瀾的聰敏與多疑，日後只會被多加防備，而這是蕭黎暄所不樂見的。

蕭黎暄樂於與任何人競爭，也不免在摩擦之中與人樹敵，可唯獨魏瀾，也只有魏瀾，她不希望被魏瀾劃分在外。

於是，此時的蕭黎暄選擇誠實以對。

「沒真實的對象——我的意思，我表哥只喜歡建築，大概一輩子都這樣了。」

話落，蕭黎暄驅車離開岳海樓，實在不敢耽擱，怕等會被藍女士看見又要被碎念幾句，而魏瀾在聽聞後，淡淡地嗯了聲，望向車窗外，臉上神色難辨。

岳海樓距離魏瀾的住處並不遠，不過十五分鐘的車程，但對於魏瀾來說，異常漫長。

令魏瀾感到心煩意亂的，不是因為駕駛座上的人是蕭黎暄，而是蕭家積極的態度。

到底自己的父母與蕭旭昇的父母是如何牽上線的，魏瀾並不清楚，魏瀾只知道，自己的父母似乎相當喜歡蕭旭昇，且魏瀾全心投注事業好些年過去，壓根沒想過找對象。

在魏瀾的生活中，除了工作還是工作，魏瀾並非沒有其餘的興趣愛好，而是她熱愛自己的事業，且享受其中。

只是，魏瀾發現，人生到某個階段之後，似乎不能只有工作，且她單身好些年了，父母也終於開始逼她找對象，甚至直接安排了一場相親。

即便這次躲過蕭家的相親，那下一次呢？下下一次呢？魏瀾知道，自己的感情狀態只要不符父母期待，日後類似情況將層出不窮，思及此，魏瀾便感到心力交瘁。

魏瀾不禁想，還是乾脆……

「魏瀾？」

蕭黎暄的喚聲使魏瀾回神，魏瀾這才注意到蕭黎暄已安全地將她送達住處。魏瀾雖然做事雷厲風行，但待人基本的禮節不曾少過，她向蕭黎暄道了謝，卻未馬上開門下車。

魏瀾的異常舉止使蕭黎暄一顆心懸起，魏瀾一手搭在車門上，忽地側過頭來，直直地看著蕭黎暄。

「那妳呢？有對象嗎？妳都沒有被催？」

蕭黎暄微愣，眼神不自覺地閃避。「我……是也沒有對象，不過……嗯，沒有被催。」

蕭黎暄不明白魏瀾此話何意，她只知道魏瀾的問句使她的心跳不由自主地加快，即便理性上知道魏瀾不過是隨口一問，但，這可是她們第一次談論工作以外的事情。

相親一事，似乎……改變了些什麼。

魏瀾一如既往的冷涼視線停留在蕭黎暄臉上，魏瀾顯然想些什麼的眼神令蕭黎暄感到焦躁，她便直道：「魏瀾，妳到底想跟我說什麼？」

憤怒與厭惡可以掩飾很多事情，包括，心跳加速的事實。

被蕭黎暄這麼一兇，魏瀾忽然想明白了，那繃緊的臉色也緩和了些。見那微蹙的眉頭舒張開來，蕭黎暄方放下心，魏瀾下句一落，她的胸口猛然一緊。

「如果是蕭旭昇，至少我知道，他的家人，我不討厭。」

話落，魏瀾開門下車，蕭黎暄怔忡，險些衝下車上前抓住魏瀾，要她別這麼說——

不要說的好像是……認真考慮與蕭旭昇交往的可能……

蕭黎暄咬了咬牙，一掌煩躁地拍在方向盤上，不小心按了喇叭，那聲宏亮的巨響，使魏瀾回頭。

魏瀾望著那輛待在夜色中的紅車，忽地想起蕭黎暄問起感情時，明顯有些無措的模樣，魏瀾這才後知後覺地意識到，那個可疑的反應，是不是代表蕭黎暄有心儀的人了？

在與蕭黎暄你爭我奪的這些年，魏瀾從未想過，自己或是蕭黎暄步入家庭的模樣。

魏瀾在商場上的敵手，從不只有蕭黎暄，只是這個產業變化迅速，誰沒能跟上潮流，誰就會被拋之在後。

過去也曾有幾位領導人因故辭職或是換職，其中不乏步入家庭、另有人生規劃……云云，魏瀾見過無數，見怪不怪，但，換作是蕭黎暄呢……魏瀾無法想像，也是，不想想像。

這個商場，若是少了蕭黎暄的身影，在魏瀾眼裡，定將黯然失色。

「魏瀾！」

對街那輛紅色轎車，降下車窗，一張清麗迷人的面容，伴著月光一同映入眼簾。

那是蕭黎暄，與魏瀾糾纏了許多年。從制服到套裝、從學姐學妹到最佳敵手……是魏瀾再熟悉不過的人。

春來夏去、日昇月落，世間變化滄海桑田，可有個人，始終站在自己對立面，掛著好看的自信笑容，一副趾高氣揚的模樣，令人討厭。

同時，也令人感到一絲心安。

「在我打敗妳之前，我是不會結婚的。」

那張長年冰雪常駐的美麗容顏，似乎在那一瞬間雪融幾分，卻眨眼即逝，蕭黎暄一度以為，是自己看錯了。

魏瀾唇角微勾，天上星辰宛若灑進眼裡，目光明亮動人。

「我也是。」

魏瀾說。

魏瀾與蕭黎暄，從不是會裹足不前的人，尤其是魏瀾。

即便在岳海樓之後，魏瀾曾在恍然間想起那晚沒能問出蕭黎暄擁有號碼的理由，她也不會深究，大步往前走。

魏瀾永遠把事業放在私人感情之前，過去是這樣，現在也是，而未來……倘若出現了一個，值得她不分析利弊、不計較得失的人，那麼，魏瀾想，自己便會無條件地交付後半輩子。

在那之前，魏瀾是不會為了感情原地踏步的，這一點，蕭黎暄也是。

蕭黎暄知道，蕭旭昇的父母遲早會提出二次相親，蕭黎暄相當清楚，但也知道現階段的自己無法阻止些什麼，且眼下還有更重要的事情——

英國倫敦時裝週。

◆◆◆

倫敦九月，舒爽宜人。

一名身穿長版淺褐色風衣外套，戴著墨鏡遮住半張亞洲面孔的女人出現在機場。經過十幾個小時的飛行，她仍毫無倦態，摘下墨鏡與自家祕書談笑風生，眉眼間的柔媚使人頻頻回首，那明豔的笑容更讓人不禁多看了幾眼。

那是蕭黎暄，正準備與簡祕書一同前往本次下榻的酒店。

這次時裝週蕭黎暄預計在倫敦待上十天，過去蕭黎暄不曾在倫敦待上如此長的時間，但這次與過去幾次都不一樣——

這可能是蕭黎暄最後一次參與時裝週。

蕭黎暄知道，這次征途是她能否保住執行長一職的最後機會。倘若這次空手而歸，那麼她必然會被換掉，同時，她也將從魏瀾的眼前消失。

因此，蕭黎暄並非抱持著參與盛宴的心情而來，而是打算傾盡自己的所有去應戰，拿下代理、開拓疆圖，證明自己仍值得留在俐奧，傲然地站在魏瀾之前。

而另一邊的魏瀾，也踏進了倫敦。

那黑色西外套與白色皮裙相搭，襯得魏瀾一身清冷俐落。她獨自拉著行李箱走出機場，熟稔地攔車前往酒店。

上車之後，魏瀾脫下西裝外套，內裡的淺灰色針織薄衫質料極好，版型設計貼合魏瀾的身型，衣色淺淡的灰為魏瀾添上幾分冷然。

司機是名中年男子，從後照鏡中看了眼魏瀾，主動開啟話題搭話，而魏瀾望著車窗外，意興闌珊地回了幾句，男子便自討沒趣地結束話題。

無論是在何時何地舉辦的時裝週，魏瀾每次的奔赴都將之視為工作，而非度假旅遊，因此她可以專心致志，無須分心其他，可這一次，魏瀾卻有些焦躁難安。

過去每次的時裝週，魏瀾都會跟蕭黎暄在現場碰頭，互相較勁、相互爭奪，誰也不讓誰，過去魏瀾也總是全力以赴，不惜代價去拿下她應得的東西。

可這一次，魏瀾隱約知道，或許，這是最後一次與蕭黎暄共赴時裝週，當她意識到這點時，魏瀾不得不承認，她的出手會多幾分猶豫。

而魏瀾並不喜歡這種不上不下的狀態。

轎車抵達酒店後，魏瀾剛下車，先抵達酒店的姜于彤便上前迎接，主動拿過魏瀾的行李邊道：「辛苦了。」

魏瀾淡淡地嗯了聲，隨著姜于彤走進酒店邊聽姜于彤匯報時裝週的消息。

這次時裝週該做些什麼，魏瀾心裡自然有底，只是……這次有個不穩定的變因，那就是蕭黎暄。

魏瀾是不可能主動聯繫蕭黎暄的，可也不想毫無心裡準備地應戰，那不是魏瀾的風格。

當抵達房間後，姜于彤放下行李，欲言又止地看著魏瀾。魏瀾淡淡瞥了一眼，就她對自己特助的了解，大抵耳聞些小道消息，於是她說道：「在這節骨眼上，非經證實的消息也無妨。」

聞言，姜于彤微微頷首，接著道：「據說，Eliana 會在時裝週期間找合夥人。」

話落，魏瀾眉梢微揚，這確實是一個有趣的消息。

Eliana 是英國知名女星，是歌手、演員、主持人與投資家，早有消息頻傳 Eliana 想跨足時尚業，設立自己的服飾品牌，而 Eliana 也確實有獨特的品味與眼光，若真要創立品牌，確實值得期待。

而身在這個時尚業，魏瀾不會放過這個機會，儘管魏瀾在心底掂了掂機會不大，但她還是想試一試。

姜于彤完成匯報後，便離開魏瀾的房間，回到自己的房間。姜于彤剛放鬆下來，準備泡個澡時，手機鈴聲大作。

姜于彤拿起手機一看，隨即怔了下，很快地接起。

「怎麼是你？」

◆◆◆

蕭黎暄抵達酒店後，行李箱一扔便迫不及待地獨自下樓吃 Buffet。

蕭黎暄本想邀請簡祕書共進晚餐，可簡祕書身陷長途飛機所帶來的疲勞感中無法從床上抽身，蕭黎暄只好獨自下樓用餐。

蕭黎暄確實也感到有些疲憊，但一想到接下來幾日的戰役，蕭黎暄便打起精神，吃飽喝足、養精蓄銳，好以面對之後的種種挑戰。

可蕭黎暄沒想到，第一個挑戰，會在這時候矗立於眼前。

「……蕭黎暄？」

拿著銀刀準備切上好牛排的蕭黎暄手一頓，在用餐的人潮往來之中，看見了魏瀾。

蕭黎暄告訴自己，她能在人群中一眼看見魏瀾，不過是因為身處異國，四周都是陌生的西方面孔，所以魏瀾的存在，才會那樣獨特。

不是因為她喜歡魏瀾，所以餘光能輕易捕捉那傲然的身姿、冷淡的面容，以及令人著迷的，關於魏瀾的所有一切。

倘若人潮能沖散彼此、時光能沖淡感情，那麼此刻的蕭黎暄，也許能泰然自若，甚至是毫不在意。

可偏偏，不期然迎上那雙如水晶般澄澈的眼眸時，蕭黎暄還是沒能立刻偽裝自己，她還是……很高興能看到魏瀾。

在壅塞的人潮中，魏瀾眼前晃過許多人，可沒有一個人能遮擋蕭黎暄的身影，讓魏瀾假裝自己沒看見對方。

在繁華的倫敦市中心、高級的五星酒店，隨處可見面孔精緻、裝扮精心的外國人士，身處在這些人之中，蕭黎暄並不特別。

可是，魏瀾還是在看見蕭黎暄唇邊綻放的笑容時，胸口微扯了下。

蕭黎暄很少露出那樣的笑容。

那樣……似是打從心底歡喜的純粹笑容。

人影晃過，笑容不過一瞬，快得彷若眨眼即逝。魏瀾想，要是沒見到那個笑容就好了。

那麼，也許魏瀾的那顆心，不會隨之柔軟幾分；那顆心若始終堅若磐石，魏瀾想，在往後的日子裡，自己便不會受傷、不會失望了。

魏瀾也不會知道，何謂心痛、何謂後悔。

◆◆◆

因故晚到的姜于彤抵達餐廳後，在人群中找到了自家上司，並領著魏瀾走到後方半開放式包廂。

姜于彤沒見到蕭黎暄，魏瀾也沒有提起，兩人這次的交會恍若夢境一場，於無聲中錯開。

可無論是魏瀾，抑或是蕭黎暄，兩人都清楚知道，這不是夢，是兩人碰巧都下榻這間酒店。

在魏瀾隨著特助離開後，蕭黎暄低下眼，繼續享用桌上的排餐。魏瀾總是這樣，來得匆忙又不講道理，只要魏瀾出現，其餘的所有一切皆黯然失色。

而魏瀾走進包廂後，似是有些心不在焉，姜于彤心裡有些慌，以為魏瀾介意自己無故晚到，便在入座後立刻道：「Lan，我剛剛在講電話，所以——」

「嗯？」魏瀾回過神，不甚在意地打斷姜于彤。「無所謂，我不在意。」

那妳在意些什麼——姜于彤自然只敢把這話放在心底，她吞下心中的無數疑惑，招來服務生點餐。

既然姜于彤主動提起通話，魏瀾便隨口問了句對方身分，姜于彤一滯，簡單說了兩個字：朋友。

魏瀾眉梢微抬，不打算深究下去，冷眸低下，拿起刀叉安靜用餐。

對於魏瀾而言，工作以外的事情都不重要，縱然她隱約察覺到姜于彤話中有所保留，但那是姜于彤的隱私，她不會追問，也不會八卦。

另一邊的蕭黎暄用完餐後，替自家祕書點了份餐點直送客房。離席之際，蕭黎暄往魏瀾所在的包廂看了一眼，見到魏瀾對著特助露出的淺笑，抿了抿唇，扭頭離開。

蕭黎暄不是沒想過成為魏瀾的夥伴，事實上，她在學生時期曾嘗試過——

蕭黎暄曾跟隨魏瀾的腳步，成為系學會會長。

這是蕭黎暄在學生時期時，最靠近魏瀾的時候，但兩人之間的關係如同雙曲線，無限接近卻不相交。

蕭黎暄以為，成為系學會的一員，她便可以與魏瀾有更多交集，然而，這時候的魏瀾卻傳出與別系的系會長有曖昧關係……

那一刻，蕭黎暄知道，一味追在魏瀾身後是不行的，要能入得了魏瀾的眼，只能走到魏瀾的面前。

畢業之後踏進社會，蕭黎暄告訴自己，不能再重蹈覆轍，不能試圖與魏瀾並肩走在一起，那樣是不夠的。

幾年過去，她真的走到了魏瀾的面前，讓魏瀾無法輕易忽視她，直直地看著自己。

蕭黎暄本來以為，這樣的日子會一直持續下去，然而世間一切千變萬化，蕭黎暄沒想過有一天自己會被人從執行長的位子拽下，一如她沒想過，當客房服務的門鈴響起，蕭黎暄走向門口打開房門時，會見到一張熟悉的面孔。

「客房服務。」

當那雅痞俊帥的面容，提著餐廳紙袋出現在自己面前時，蕭黎暄感到一陣頭暈目眩，她怔怔地望著對方，腦中浮現的，是魏瀾的臉。

「……葉靖陽。」

葉靖陽揚起唇角，深邃的雙眼微微彎起，不知道有多少女人被這雙帶著桃花的眼睛迷住，但蕭黎暄知道，自己並不是其中一個。

蕭黎暄伸手奪過紙袋，臉色不善，語氣狠惡。「你怎麼還沒死？」

葉靖陽大笑幾聲，面對蕭黎暄的出言不遜，他不但不惱，眸中甚至閃爍有趣的光芒，笑容愉悅。

「我要是死了，怎麼來見妳呢？黎暄。」

蕭黎暄毫不客氣地翻白眼，沒給葉靖陽好臉色，然而蕭黎暄的內心卻有些慌，但她不願在這個男人面前展現軟弱，於是冷硬道：「被你碰過的食物，吃不得了。」

男人的笑容慵懶而隨意，他的語氣溫柔，字句中含著幾分調情的味道。

「無妨，我讓我的主廚朋友再做一份，不然，我等會去借廚房親自煮給妳吃？」

蕭黎暄暗暗深吸口氣，過去她便相當討厭葉靖陽，一是她不喜歡葉靖陽的輕浮，二是⋯⋯

「還是，我把妳這份餐點拿給魏瀾？」

提起魏瀾，蕭黎暄臉色一變，雖眨眼即逝，但葉靖陽沒有錯過。葉靖陽玩味的笑容隨之加深幾分，本來他只是試探性地提起魏瀾，可沒想到，幾年過去，魏瀾仍舊能影響蕭黎暄。

一如既往，一如初見。

葉靖陽已不是系學會會長，蕭黎暄也不是可愛的小學妹，而魏瀾也不是他的交往對象了。

「你還敢提魏瀾？你怎麼有臉回來？」

在葉靖陽口中聽到「魏瀾」二字，蕭黎暄再沉不住氣，咬牙狠道：「葉靖陽，你不配。」

你不配提起魏瀾、你不配當魏瀾的交往對象、你不配擁有她⋯⋯

「這不一定吧。」

葉靖陽的語氣溫和，像一團柔軟的棉花，那棉絮中卻藏了刺。

「我們當初分手，也不是因為她不愛我了啊。」

蕭黎暄臉色緊繃，葉靖陽的話彷若根刺，狠狠地扎在蕭黎暄心上。

「據我所知，分開後的這幾年，魏瀾也沒其他對象嘛。」

那根針，一寸、又一寸地往深處扎。

「妳纏著魏瀾那麼多年，妳也沒讓魏瀾看上妳啊。」

針刺直插心底，胸口泛起一片酸楚，又疼又麻。

與以往不同的是，蕭黎暄不再是那天真爛漫的大學生，經過社會的歷練，蕭黎暄也許做不到毫不在意，但是，她可以武裝自己，趾高氣昂地面對他人。

「你也沒能成為艾偌的總經理啊。」蕭黎暄說。

話落，葉靖陽笑容僵硬，那本閒散慵懶的態度收斂幾分。葉靖陽打量著蕭黎暄，饒富興味的眼神加深幾分。

蕭黎暄確實不是大學裡的小學妹了，而是，俐奧的執行長。

葉靖陽哼笑一聲，雙手一攤。「記得妳說過的話，小學妹。」

語末，葉靖陽邁開頎長的雙腿，正要離開時，似是想起什麼些什麼，轉頭又道：「我們會再見的，黎暄。」

蕭黎暄關上門，忍著胃裡翻湧而上的噁心感，將裝著餐點的紙袋扔進了垃圾桶裡。

蕭黎暄拿起手機，點開其中一個聯絡人的頁面，她看了許久，最後，頹然放下，沒能撥出去。

滴答、滴答。

魏瀾自平板中抬起頭，她望向窗外發現下雨了，便想起雨具似乎放在姜于彤那，於是魏瀾起身走向門口，方打開房門時，見到有個人進了姜于彤的房間。

那個背影，像是個男人。

魏瀾識趣地關上門，順勢關燈上床休息，因此錯過了平板螢幕上跳出的訊息通知。

『——能見個面嗎？

寄件者：蕭黎暄。』

◆◆◆

『對方已收回訊息。』

翌日，魏瀾出門前收起平板時，瞥見螢幕上跳出的通知，這才發現昨晚蕭黎暄有傳訊息，且已收回。

前往展場途中，魏瀾時不時想起這件事，魏瀾不耐煩地嘖了聲，決定晚上回到酒店再問清楚。

眼下的時裝週，才是最重要的事。

另一邊的蕭黎暄也離開酒店前往會場。一路上，蕭黎暄都與駕駛座上的簡祕書有說有笑，但簡祕書能感覺到，自家上司情緒不高。

抵達會場後，蕭黎暄正要下車，卻被簡祕書喊住。她應聲回頭，迎上一雙堅定的眼眸。

「老闆，妳儘管放手去做——妳去哪，我就去哪。」

得到祕書全力支持的蕭黎暄揚起明媚笑容，那雙美眸明亮有神，神采奕奕地下車走進會場。

跟隨在後的簡祕書見自家上司一身的丰采迷人，自信與優雅於舉手投足間自然流露。有這樣的上司，簡祕書是既驕傲又慶幸的，也因此感到一絲不捨。

身為蕭黎暄的貼身祕書，蕭黎暄在公司內部的困境她比誰都清楚，也明白那些對蕭黎暄不利的消息，是有心人士在背後操弄。

蕭黎暄在俐奧岌岌可危的時刻勇敢赴任，一手扶起俐奧，帶領俐奧全體勇往直前，尚未享盡輝煌與榮譽便遭人構陷、質疑決策，整間俐奧極有可能被他人整碗端走。

陪著蕭黎暄上任的簡祕書當然感到氣憤，可無奈撇開執行長祕書一職，她也僅是一般員工，不是董事之一，沒有權力左右局勢。

所有人都在看，這一次蕭黎暄會如何力挽狂瀾，證明自己值得留在俐奧繼續擔任執行長。

而蕭黎暄在踏入絢爛斑斕的展場時，腦海中只有一個想法：享受這場時裝盛宴。

時尚之於魏瀾，是這世上最美妙的溝通方式。

時尚無國籍之別、無語言之分，時尚不單是世界潮流之所向，更代表一個人的特性、一個人的生活態度，以及一個人的美麗故事。

每次回到時裝週，見各個新銳設計師所帶來的嶄新設計理念，以及各家經典名牌的雋永品味，便會喚醒魏瀾心中的時尚，以及自己的理想樣貌。

魏瀾相當熱愛時裝週，而蕭黎暄，喜歡這樣的魏瀾。

全體入座之後，今年度的視覺主題展現於眾人之前，緊接著是引領世界潮流的各式模特兒穿著各個設計師的嘔心瀝血之作，登上瑰麗的伸展台。

神情專注的魏瀾，令人著迷。

縱然全場燈光聚於伸展台上，蕭黎暄的目光仍不經意地落到魏瀾身上，視線穿過人海，駐於那清冷的身影。

蕭黎暄不是沒有想過放棄，尤其昨晚意外見了葉靖陽後，蕭黎暄想起自己的學生時期，遍處是魏瀾的身影，她便自嘲般的彎彎唇角。

原來，在有些時候，放棄比堅持更困難。

倘若放棄了魏瀾，那麼現在，蕭黎暄也不用面對這場苦戰，她也不必承受他人的冷嘲熱颯、不必咬牙苦撐堅守下去……

可這些風雨之後，會有魏瀾在那，蕭黎暄便會往前邁開腳步，自願向前。

葉靖陽說得沒錯，是她纏著魏瀾、是她不放棄地追逐、是她盡力維繫彼此間的聯繫。

但終究，魏瀾選擇了其他人，儘管那段感情相當短暫，這仍舊是鐵錚錚的事實。

葉靖陽回來了，而她要退位了。

蕭黎暄不禁想，葉靖陽不在的這幾年，自己在做什麼呢……她踏入時尚圈，進入俐奧，再扶起瀕臨危機的公司，在時尚業逐漸站穩腳步，再趾高氣揚地面對魏瀾。

蕭黎暄終究沒能走到魏瀾身邊，與她並肩而行。

但至少，在最後這幾日，蕭黎暄不希望自己在魏瀾心中留下的身影，是黯淡的、是狼狽的。

蕭黎暄想，自己要以最好的姿態，放手一搏，為自己奮戰。她要驕傲地轉身離開，而不是狼狽逃開。

思及此，蕭黎暄的目光重新放回眼前輪番展示的模特兒身上。性別、膚色、人種，這些放在時尚面前不足掛齒，絲毫無法搖撼時尚的輕重。

這就是蕭黎暄喜歡時尚的理由，不只是因為魏瀾處在這個世界，更是因為時尚是無限的、自由的、大膽且細膩的。

在模特兒輪番展示完各家設計師的作品後，進入了介紹環節。蕭黎暄一邊聆聽，一邊做筆記，從中抽絲剝繭尋找有用的資訊，今日這場時裝秀結束之後，蕭黎暄感到收穫不少。

展場之後的晚宴，蕭黎暄沒有缺席，魏瀾自然也是。

今日是時裝週的第一天，魏瀾相信定有意想不到的驚喜等在之後，可魏瀾沒想到，會是這種驚喜——

燈光暗下，前方伸展台亮起，熟悉的音樂自展廳四周流瀉而出，魏瀾心中一驚，猛然看向台前。

「Eliana、Eliana——」

在眾人的歡呼聲中，一身豔紅色的 Eliana 驚喜現身，帶來自己日前發行的新曲，同一時間，兩旁走出兩排模特兒，隨著 Eliana 富有磁性且穿透力極強的歌聲，一同向眾人展示身上搶眼的衣著。

Eliana 本次驚喜現身，不只是擔任表演嘉賓，更是為個人服飾品牌吹起號角，幾乎坐實了那個傳言。

謠言說，Eliana 會在本次時裝週找合夥人，此言不假，而魏瀾不會放過這個機會。

Eliana 是英國當紅歌星，她的音樂不只傳遍英國大街小巷，世界各地皆有 Eliana 的歌迷。時裝舞台聲勢浩大，看上去氣勢磅礴，每個人都在討論，是誰有幸成為 Eliana 的合夥人？

正當所有人一邊沉浸在 Eliana 迷人的歌聲之中，一邊摩拳擦掌等待談案時機時，只有一個人臉上掛著著真心純粹的笑容。

那不是 Eliana 的歌迷，而是……

歌曲進入間奏，台上的 Eliana 忽然目光定格於人群之中，揚起美麗耀眼的笑容，對著人群中揮了揮手，立刻引起另外一陣尖叫聲。

魏瀾順著視線望去，不禁一愣。

在那人群中，有蕭黎暄的身影。魏瀾怔了會，但很快地告訴自己，蕭黎暄只是剛好在那，她怎麼可能認識 Eliana 呢？Eliana 可是英國知名女星，與遠在台灣的蕭黎暄有何關係？

細想了一圈，魏瀾認為自己的推測非常合理，很快地冷靜下來。在 Eliana 表演進入尾聲時，Eliana 忽然走下伸展台，在歌曲最後，對著人群中的某一位亞裔女人，展開雙手。

「I miss you so much！」Eliana 臉上洋溢喜悅，毫不掩飾自己的興奮，另外一個女人也是。

在被 Eliana 大方擁抱時，那人也說了句：「Me-too。」然後輕輕回抱她。

在魏瀾意識到，眼前兩人她都認得時，一股冷意自胸口蔓延至指尖，她不禁悄悄攥緊拳。

那是 Eliana，以及，蕭黎暄。

驀然間，魏瀾想起她曾看過的那則新聞——Eliana 不只是當紅歌星、演員，更是英國知名的出櫃女星。

在 Eliana 表演結束後，每一個人都在問，那位亞裔女人是誰？

逢人問起，Eliana 大方地這麼對著鏡頭表示：「Good friend。」隨後 Eliana 彎彎唇角，眼神饒富興味，又補了句：「Just friend。」

關於蕭黎暄的事情，Eliana 不願透露更多，但神通廣大的網友很快地扒出蕭黎暄的身分——俐奧執行長。

蕭黎暄的身分與近日 Eliana 創立品牌的謠傳不謀而合，許多人都在猜，蕭黎暄是不是就是 Eliana 的品牌合夥人？

當每一個人都在這麼認為時，只有兩個人抱持相異的想法。

一是蕭黎暄，二是魏瀾。

即使 Eliana 當眾表現與蕭黎暄有私交，魏瀾仍不認為蕭黎暄會是 Eliana 的品牌合夥人。倘若是，那麼近日的所有一切，包括那場相親，都不過是則笑話。

最可笑的，是魏瀾信了。

所以，即使親眼見了這兩人有交情，魏瀾仍認為，蕭黎暄不會做兩邊討好的事——倘若有 Eliana 的支持，那麼，蕭黎暄又何必在那一晚找上自己呢？

無論是站在客觀立場、抑或是主觀判斷，魏瀾都明白這是不可能發生的事。

可魏瀾還是無法心實，頻頻想起稍早的訊息提示：已收回訊息。

到底是什麼樣的訊息，讓蕭黎暄不顧訊息禮節在深夜時分傳送給自己，又在隔日一大清早時收回呢？

對於自己無法想明白的事情，魏瀾一律是直接行動求證，這一次也不意外，可魏瀾卻沒想到，碰了一鼻子灰。

「呃，魏總經理。」

身為蕭黎暄的貼身祕書，自然有義務要替自家主子發言，可簡祕書沒想到，她要面對的是魏瀾啊！

是那個與自家主子八字相剋的魏瀾啊！

儘管內心波濤洶湧，簡祕書仍故作鎮定地向魏瀾說道：「Eliana 剛剛來過。」

面對魏瀾，面對這個自家主子最難纏的敵手，簡祕書斟酌用字、回得謹慎，既沒有直接表示蕭黎暄是被帶走的，這也是告訴魏瀾，她此次動作稍慢了些。

魏瀾周身溫度明顯驟降幾度，但魏瀾面上毫無變化，道謝後便扭頭離開這會場。儘管魏瀾沒多說些什麼，可簡祕書還是還是感覺得到……

魏瀾似乎……不太開心。

簡祕書單純地想，大概是魏瀾也有意拿下 Eliana 這個合作，可連簡祕書都不知道，蕭黎暄留這一手。

蕭黎暄本人其實也不知道。

在盛宴結束之後，Eliana 支開記者、排開經紀人，獨自將蕭黎暄 Eliana 帶離現場。面對老友的熱情，蕭黎暄實在盛情難卻，且兩人確實許久未聯繫，於是蕭黎暄便順著她了。

「妳怎麼還是那麼瘋？」

一坐進副駕駛座，蕭黎暄忍不住這麼抱怨。聞言，Eliana 大笑幾聲，一面踩下油門，一面用流利的中文回道：「畢竟在妳面前，我只是 Ana。」

Ana 是 Eliana 的小名，只有她的親近友人才會這麼喊她，而蕭黎暄便是其中之一。蕭黎暄無奈地哎了聲，對這個多年密友蕭黎暄總是感到無可奈何。

Eliana 總是直來直往、說做就做，在成名之後，蕭黎暄以為 Eliana 這性子會收斂一些，沒想到不只沒收斂，還得寸進尺。

見到蕭黎暄，Eliana 很是高興，一路上對著蕭黎暄滔滔不絕，如同普通摯友一般，但兩人都知道，這樣的友情有多可貴。

「暄。」

「嗯？」聽到 Eliana 的喚聲，本來望著車窗外的蕭黎暄收回視線，改看向 Eliana。「怎麼了？」

「妳喜歡的那個人，今天是不是也在現場？」

蕭黎暄一滯，化著精緻妝容的臉蛋浮起一絲苦澀，既然對方是 Eliana，蕭黎暄便覺得沒什麼好隱瞞，坦承道：「妳不是在表演嗎？真的是什麼都瞞不過妳……」

聞言，Eliana 神情多了幾分得意，那雙漂亮的淺灰色眼眸彎了彎，繼續道：「那是妳太明顯了，一直盯著人家看。」

蕭黎暄臉紅了下，駁斥幾句，然而她所有的辯解在 Eliana 面前都是無用，蕭黎暄索性坦承道：「……是，就是她。」

全場那最冷傲、最美麗的女人，便是蕭黎暄喜歡的人。

「這樣都幾年啦？」開車隨興的 Eliana 空出一隻手，稍微比劃了下。「五……不對，六年吧？」

「事實上，可能八年了。」蕭黎暄苦澀一笑，年復一年地過去，蕭黎暄並不想細數到底追逐魏瀾多少年了，只是 Eliana 這麼問起，蕭黎暄才願意直面這件事。

八年……人生能有幾個八年呢？

兩人結識於高中，高二那年 Eliana 來台念書學中文，與蕭黎暄同班。說來奇怪，不同國籍的二人，卻意外地一拍即合，建立長達十年的深厚友誼。

彼此從青澀稚嫩的高中生，在經過十年淬鍊後，一個成為英國知名女星，另一個則是立足於時尚業。如今，Eliana 想涉足服飾、創立品牌，她不知道除了蕭黎暄以外，還能找誰？

四處兜了幾圈後，Eliana 車停酒店附近，戴上墨鏡，簡單喬裝後兩人下車，相偕走進酒店。早已接到通知的酒店立刻派人迎接 Eliana，護送二人進飯店附設的天際酒吧。護衛離開後，蕭黎暄揶揄道：「妳肯定讓經紀人很頭疼。」

Eliana 不置可否地笑了笑，朝蕭黎暄舉杯，兩個杯身相碰。

淺飲一口後，Eliana 摘下墨鏡，一雙美麗勾人的淺灰色眼瞳直直地看著蕭黎暄，眸中含著幾分笑意。

「暄。」

「嗯？」

蕭黎暄正漫不經心地拿下杯身上的檸檬片，聽到下句時，險些打翻酒杯。

「妳來當我的合夥人吧。」

蕭黎暄猛然看向 Eliana，滿臉不可置信。旁邊相距兩個位子上，有個人霍地站起身，經過兩人，直直地快步走向門口。

酒吧燈光昏暗，且蕭黎暄過於震驚，無心留意四周狀況，壓根沒注意到是誰從旁快速走過。

蕭黎暄怔怔地看著 Eliana，那認真神情並不像是玩笑話，而是正式邀約。見蕭黎暄震驚的臉色，Eliana 忍俊不禁。

「暄，妳別跟我說，身為俐奧的ＣＥＯ，妳不知道我要創業……妳不會是認為，我會找別人吧？」

蕭黎暄不假思索地點頭，這下換 Eliana 不可思議地看著蕭黎暄，語調揚高幾分。「蕭黎暄！我們朋友一場，妳居然會認為我會找別人！」

「呃，妳聽我解釋……」

「我不聽！蕭黎暄妳真的太薄情了！」

「……」

這邊氣氛正和樂融融，Eliana與蕭黎暄互相伴嘴，暢聊整夜，另一邊倒是截然不同的氛圍。

離開天際酒吧後，魏瀾臉色相當難看，周身溫度降至冰點，回房一路上彷若有冰雪相隨紛落，旁人見到魏瀾皆自動閃避，無人膽敢擋在前方。

可有個人，卻站在魏瀾房門之前。

當魏瀾走近時，身穿筆挺西裝的男人回頭，朝魏瀾勾起唇角，一雙桃花眼迷人深邃。

「好久不見。」

◆◆◆

「……你還敢出現？」

雖然知道魏瀾見到自己不會有太大的波瀾，可葉靖陽還真沒想到第一句話是如此。

葉靖陽彎彎唇角，邁開長腿，對於魏瀾的冰冷態度置若罔聞，站定於她的跟前，眨了眨眼。

「不出現怎麼跟妳打招呼呢？」

魏瀾不置可否地看著葉靖陽，平淡地看著這個分手幾年的前任，魏瀾對於他的出現也不是不訝異，而是現下有更令她在意與氣憤的事情。

而這事情，與葉靖陽無關。

葉靖陽一向聰敏，很快地察覺到魏瀾的情緒有異，葉靖陽想了一圈，腦海中浮現一張豔麗的面容，試探性地開口道：「臉色怎麼這麼差？該不會……是跟蕭黎晅有關？」

魏瀾的臉色有一瞬的鬆動，極其細微，可還是被葉靖陽捕捉到了。

葉靖陽的目光多幾分興味，可惜他無法久留，如他方才所說的，他真是來打招呼。

「跟你沒關係。」魏瀾不承認也不否認，轉而道：「你為什麼出現在這？來這做什麼？」

無論面對何事，魏瀾總能在第一時間保持理性沉著，唯獨碰上了蕭黎晅，魏瀾總特別易怒且情緒化，這點魏瀾本人並無覺察，但葉靖陽在旁觀望多年，比誰都看得更清楚明白。

葉靖陽湊近魏瀾，微彎下腰，與魏瀾平視。那雙桃花眼深邃迷人，眼中倒映的魏瀾，面上平靜，眸中更如灘死水。

雖然魏瀾的平淡是在預料之內，但葉靖陽還是隱隱感到一絲不悅，眼珠子轉了一圈，脫口道：「如果我說——是為了跟妳複合呢？」

葉靖陽總算見到魏瀾神情有一絲鬆動，他滿意地彎彎唇角，快魏瀾一步收回身子，作勢離開邊道：「我不會要妳現在給我答覆，但我們肯定會再見的。」

語末，葉靖陽提著公事包，邁開長腿離開。魏瀾沒攔下他，覺得一切荒謬至極。

但魏瀾覺得，葉靖陽不是在開玩笑。

過去葉靖陽追求自己時，態度大方、聰明又有自信，進退得宜有度、做事拿捏分寸，魏瀾並不討厭，且兩人身分相當，於是隨口答應了他，嘗試交往。

但最後，也止於嘗試。

正因為當初分開時並未懷著恨意，所以幾年後於異地重逢時，比起驚愕，魏瀾更感疑惑。

魏瀾嗶卡進房，本來怒氣騰騰的她，被葉靖陽這麼一攪擾，胸臆怒火隨之消散幾分，恢復了幾分理性。

說到底，蕭黎暄也沒有做錯什麼。

是魏瀾在商場上，誤信於人。

是魏瀾自己信了蕭黎暄的片面之詞，產生了不該有的憐惜之心，將那些寶貴的資源讓給了蕭黎暄。

身為一間公司的領導人，凡事要以公司利益最大化為優先考量，可面對蕭黎暄，魏瀾打破了這個原則，鋌而走險，幫助她最大的敵手。

分明魏瀾有機會吃下俐奧，壯大艾偌的事業，可魏瀾沒有這麼做，只因為……那是有蕭黎暄所在的地方。

魏瀾哼笑了下，而那笑聲毫無溫度。魏瀾滑開平板，封鎖了蕭黎暄，接踵而來的，是關於特助與高層的關切——關於 Eliana 這塊大餅，魏瀾是否有機會把握？

這件事，替魏瀾上了深刻寶貴的一課。

——永遠不要相信自己以外的人。

魏瀾不願多做說明，僅簡短表達會盡力為之，可花邊消息永遠以最快的速度擴散開來，業界每個人都在哀嘆，這次肯定沒機會了，同時都在揣測，Eliana 與蕭黎暄究竟是什麼關係？

懷著疑問的人，自然也包括蕭黎暄的貼身祕書。在她等了一個晚上後，終於收到蕭黎暄的訊息，她立刻動身前往天際酒吧。

簡祕書本以為有機會見到 Eliana，可環視整個天際酒吧，簡祕書只見到她家上司。瞧見簡祕書臉上的失落，蕭黎暄一邊戳了下她的腦門一邊道：「可以不要這麼失望嗎？要是 Eliana 還在這，我才不會讓妳來。」

簡祕書哎了聲，摀著額頭坐了下來，招手點了些小點後，耐不住好奇地問：「老闆，妳怎麼認識 Eliana 的？妳們是……」

「老朋友。」蕭黎暄搖了搖高腳杯，姿態慵懶。「我知道、我知道妳們都在想些什麼——Eliana 可是知名出櫃女星，她又抱了我，我們是不是有貓膩——真沒有。」

得到意料之中的無趣答案，簡祕書癟癟嘴，轉而道：「那 Eliana 是真的要創立品牌吧？老闆，那妳……」

未盡之言，昭然若揭。

那殷切期盼的眼神，簡直與提出邀請時的 Eliana 如出一轍。或許，每個人包括 Eliana，都認為她倆合作是天經地義，無人有異議，但蕭黎暄卻給了一個，出人意料之外的答覆。

「我婉拒了。」

話落，簡祕書驚得站起身，不可置信地看著自家上司，再次確認道：「婉、婉拒？老闆，妳什麼意思？妳的意思是，Eliana 真的找妳了，但妳拒絕了？」

「賓果。」

「……」

簡祕書按著腦門，再揉揉胸口，不禁想祕書這工作真的不是一般人能做的，尤其當上司是蕭黎暄時，心臟不夠大顆真的哪天會暴斃而亡。

酒點適時地送上，簡祕書拿起酒杯灌了一大口後，才含著淚問：「老闆，我覺得我喝的不是酒，是西北風。」

蕭黎暄忍俊不禁，夾了塊起司餅乾放入口中，一邊道：「我是真心把 Eliana 當朋友……」

正因為是朋友，所以，不能利用。

倘若蕭黎暄仍是幾年前呼風喚雨之姿，那麼她會毫不猶豫地與 Eliana 合作，然而，事實上並非如此。

蕭黎暄很清楚知道自己在公司裡的地位搖搖欲墜，她不能利用 Eliana 來鞏固職位，那樣是不對的。

蕭黎暄比任何人都清楚，倘若她有了 Eliana，那麼短期內誰也動不了她，可是 Eliana 不該僅於此——

「我不能答應妳。我沒辦法給妳龐大的資源，讓妳的品牌發光發熱……現在的我，做不到。」

蕭黎暄這麼告訴 Eliana，將自己在公司內部面臨的困境一五一十地告訴了 Eliana。

「雖然我沒辦法為妳做什麼，但是，我知道有個人可以做得很好。」

蕭黎暄將自己收藏許久的名片，交給了 Eliana。Eliana 接過，定眼一看，上面印著兩個字：魏瀾。

Eliana 放下名片，伸手抱了抱蕭黎暄，拍拍她的背，輕道：「妳已經做得很好了，妳真的很努力了。」

聞言，蕭黎暄鼻頭一酸，眼眶不禁一熱。

她奮鬥了許多年，從學生時期起便追逐著魏瀾，隨魏瀾踏進這個載浮載沉的時尚業，好不容易才站到與魏瀾同樣的高度。

當蕭黎暄終於能不再以仰望的姿態遠望魏瀾時，公司內部卻對她投下不信任票，讓她無法繼續待下去。

眼前的 Eliana，無疑是蕭黎暄最後的機會，可蕭黎暄選擇了放棄。

放棄了這個機會，等同於放棄了魏瀾。

沒有了俐奧，蕭黎暄便只是一個普通人，沒有能與魏瀾競爭的資格，她將從魏瀾眼前消失。

Eliana拉開彼此距離，伸出手，握住蕭黎暄的手，直直地看著蕭黎暄，豔唇微啟。

「暄，妳願不願意……留下來？」

蕭黎暄一愣。

迎上那認真的神情，蕭黎暄知道，Eliana是認真的，並非玩笑話。

蕭黎暄望著那雙美麗的淺灰色眼眸，紅唇微張。

「我——」

✦✦✦

為期十天的倫敦之旅，很快地落幕了。

這十天，無論是魏瀾，抑或是蕭黎暄，收穫皆是不少。尤其魏瀾，雖然沒能如願拿下與Eliana的合作，但這次赴往倫敦仍談到不少代理。

而蕭黎暄的收穫，不在於工作上的實績，而是在於與Eliana的重逢。

Eliana驚喜現身於倫敦時裝週後，很快地動身前往別區進行巡演，臨走前，蕭黎暄還撥空為她送行。

Eliana朝蕭黎暄眨眨眼，說道：「下次就換我去台灣找妳啦！」

蕭黎暄笑著答應，保證到時會當個稱職的嚮導後，Eliana便坐上保母車，別過蕭黎暄，離開浪漫多情的倫敦。

Eliana 在車上進行梳化，途中，她的經紀人好奇問起合作進展，Eliana 淺笑，笑容中有些許遺憾。

「我的暄啊，終究是太念舊、又太正直了。」Eliana 如此說。

當 Eliana 誠摯地向蕭黎暄提出邀請時，蕭黎暄也同樣地認真回應她的期待。

「——我不能答應妳，Ana。」

Eliana 微愣，本以為十拿九穩的提議，卻被蕭黎暄一口回絕，這讓 Eliana 忍不住笑了出來。

「給我個理由吧，暄。」

縱然 Eliana 不這麼說，蕭黎暄也打算趁著這次與 Eliana 坦白，順道梳理自己的情感與未來可能。

「對於這誘人的邀請，我不可能不動搖的……」

可是，這樣美好的倫敦，沒有魏瀾。

蕭黎暄知道，她很快便會從俐奧執行長一職卸任，她應該要把握這次機會，風風光光地留在倫敦，成為 Eliana 的合夥人。

理性上，蕭黎暄明白，可是感性上，她的那一顆心，仍舊向魏瀾傾倒。

「我想把握最後的時間，Ana。」

能多看一眼，是一眼。

正因為不知道還能成為那人的敵手多少時間，所以接下來的每一分、每一秒，都如此珍貴。

見到蕭黎暄眼中的感情，Eliana 輕嘆口氣，向調酒師招手再要了兩杯酒。

「罰妳再陪我喝一杯！」

蕭黎暄忍俊不禁，拿起酒杯，輕碰 Eliana 的杯身。

「樂意至極。」

◆◆◆

回到公司之後，魏瀾將公司上下進行整頓，增列部門、擴編人員，同一時間，她被高層召去。

往年魏瀾向上匯報的頻率為每季度一次，這次董座破例召前，魏瀾有些摸不著頭緒。

當魏瀾走進貴賓室時，見到那坐在角落，掛著迷人微笑的男人，魏瀾頓時豁然開朗。

「聽說，妳最近在整頓公司，想跟妳推薦個人選。」其中一名董座如此說道，而魏瀾看了眼前些日子才見過的男人，她立刻明白董座意思，且明白沒有商量空間。

「……我會好好安排，不會虧待您推薦的人選。」

董座滿意地笑了笑，便讓身旁的葉靖陽隨魏瀾離開貴賓室。一關上門，魏瀾便冷下臉，一語不發地逕自往前走。

早已習慣魏瀾的冷漠，葉靖陽並不懼怕，反倒上前纏著她。

「我說的沒錯吧？我們會再見的，是不是沒想到？」葉靖陽勾起唇角，笑容自信，緊跟著魏瀾。

魏瀾睨他一眼，對於葉靖陽的大言不慚不予置評。過去魏瀾便相當討厭走後門的人，不允許公司出現空降部隊，可現下，她勢必得打破這個原則了。

讓她打破原則的人，竟是葉靖陽，魏瀾感到無可奈何。當那晚葉靖陽忽然現身於她的房間門口，魏瀾便隱約知道將有事情發生，可沒想到是這種發展。

魏瀾回到自己辦公室前，轉頭對笑吟吟的葉靖陽淡淡道：「工作安排好後，我會請助理聯絡你。」

語句中的逐客意味濃厚，但葉靖陽置若罔聞，湊近魏瀾，笑語朗朗。

「那妳什麼時候願意賞個臉陪我吃飯呢？魏總。」

與工作無關的事情，魏瀾斷然無視，轉身走進辦公室並直接關上門。被拒於門外的葉靖陽斂起笑容，本來帶笑的眼眸褪去笑意，眸色深沉。

葉靖陽看了眼魏瀾，輕笑一聲，邁開長腿離開。

葉靖陽前腳方走，姜于彤後腳走進魏瀾的辦公室，見魏瀾神色有異，她關心道：「Lan，一切都還好嗎？」

「沒事。」魏瀾擺擺手，將葉靖陽的事情安排給姜于彤，讓姜于彤去處理細節。

當辦公室剩下魏瀾一人後，魏瀾拿起平板，注意到與蕭黎暄最後的對話紀錄，是已收回訊息。

魏瀾回國後所作的一切，都是為了擊潰俐奧，公司全體上下多少也察覺到魏瀾的野心，無不繃緊神經。

對於旁人而言，這是遲早會發生的事情。在商場上，沒有能永遠持續下去的角力，各據一方的兩位霸主，總算是要一分高下。

而艾偌近期的大動作，也驚擾了俐奧。

作為眾矢之的蕭黎暄意外地泰然自若，回到公司之後，該做什麼便做什麼，步調沉穩，似乎絲毫不被謠言所撼，相較之下，蕭黎暄的貼身祕書顯得如履薄冰。

「老闆啊……妳不焦急我焦急啊！您想想辦法啊！不想辦法真的會被換下去啊！」

瞧蕭黎暄回國後那悠閒自得的模樣，簡祕書欲哭無淚，終於忍不住哀求蕭黎暄積極處理，扭轉劣勢。

「老闆，雖然現在外傳 Eliana 會跟妳合作，所以上面沒動作，但是，事實上並沒有這回事不是嗎？這件事情沒辦法瞞天過海，大家遲早會知道的——」

「我就在等那一天。」

蕭黎暄打開筆電，手指快速在鍵盤上敲打，一邊分神道：「我知道他們現在因為 Eliana 所以在忌憚我，不敢輕舉妄動——但這是一時的，妳說的沒錯，所以——」

話落，蕭黎暄將筆電轉向自家祕書。簡祕書定眼一看，不禁一怔。

「老闆，妳……」

「這些年下來我也認識不少人，給妳介紹新工作並不難。」蕭黎暄說。

那是一封推薦函，信末有蕭黎暄的簽名。縱然她即將卸任，可這幾年來也結識不少人，有了她的名字，簡祕書不愁未來失業。

簡祕書吸了吸鼻子，語帶哽咽，。老闆，那妳呢？妳以後怎麼辦？妳真的不考慮去找 Eliana 嗎？」

蕭黎暄笑了笑，沒回答，只是要簡祕書打卡下班。簡祕書離開後，蕭黎暄獨自坐在辦公椅上，望著窗外發呆。

蕭黎暄的不回答，並非刻意隱瞞自己祕書，而是，她不知道。

蕭黎暄一心一意投入於俐奧，將當年瀕臨解散危機的俐奧扶正，並逐年壯大事業版圖，蕭黎暄壓根沒想過，這樣的碩果會被人強摘而去。

如今發生了，她難免感到不甘心，但在盡力之後，蕭黎暄的內心異常平靜。

可很快地，她內心的平靜，便被一通電話輕易攪擾。

蕭黎暄拿起手機一看，不禁一愣。

「……魏瀾？」

◆◆◆

蕭黎暄從未想過魏瀾會主動聯繫自己，更未想過在接起電話之後，會聽到魏瀾如此說道：

『我在妳公司樓下。』

蕭黎暄的心咯噔了下，倏地站起身，她強忍翻騰的情緒，佯裝鎮定地道：「妳為什麼來？」

魏瀾未正面答覆，只是再一次重申自己現在正在悧奧樓下的事實。蕭黎暄走到窗邊，向下眺望，神情複雜。

「……希望妳等會能給我一個合理的理由啊，魏總經理。」

蕭黎暄掛上電話，心跳不自覺地加快。入行多年，這是魏瀾第一次私底下來找自己，蕭黎暄不知道要如何心無波瀾，可她可以假裝自己並不在意。

那麼，見到魏瀾的時候，她的眼睛便不會出賣自己了。

魏瀾收起手機後，在樓下等了一會，才見到姍姍來遲的蕭黎暄，拎著公事包、踩著低跟鞋，挺直背脊，一身傲然。

這就是魏瀾所認識的蕭黎暄啊——即便身陷泥沼，仍舊保持驕傲，絕不低頭。即使面臨換職危機，也不是央求自己出手幫忙，而是打算全數交付後瀟灑離開俐奧。

這樣的蕭黎暄，令魏瀾又恨又憐。

恨的是，蕭黎暄永遠不會向自己低頭，咬牙苦撐，面對自己釋出的善意還會勃然大怒；令人憐惜的是，她們了解彼此站在商場上的難處，深知走到這樣的高度後，每一步都如履薄冰。

蕭黎暄站定到魏瀾面前時，以為自己做足了萬全的準備，不會有任何事能鬆動她建立起的偽裝時，魏瀾的一句話，便輕易搖撼了她的內心。

「蕭旭昇的父母訂了二次相親的日期，妳知道嗎？」

蕭黎暄一怔。

蕭黎暄方回國，正忙得不可開交，自然無暇向自己表哥追蹤相親進度，沒想到阿姨他們如此心急……蕭黎暄上下掃了眼魏瀾，笑容帶著幾分澀然。

有魏瀾這麼好的人在生活周遭，無論是誰都會感到著急，想盡可能地留在身邊吧？

魏瀾仔細觀察著蕭黎暄的反應，見到了那淺淡的笑容，以為蕭黎暄是在看熱鬧，令魏瀾感到一陣羞惱，不禁道：「姓蕭的都不講道理的，是不是？想做什麼就做什麼，完全不顧別人的感受，是不是？」

蕭黎暄一頓，眉頭微皺，臉色不善地道：「魏瀾，妳搞清楚，妳跟我表哥相親壓根不關我的事，妳來找我就是為了這件事情跟我吵架？」

魏瀾語塞，無法言明的煩躁感翻湧而上，蕭黎暄繼續道：「我們這些年來，吵得不夠多嗎……」

想起這些年來的爭鋒相對，蕭黎暄並不會感到憤怒，而是，感到有些遺憾。

這是魏瀾第一次私底下來找自己，也可能是最後一次，沒想到仍舊以爭吵收尾……想想也是吧，從最一開始兩人便是敵對關係，沒道理最後握手言和——那也是蕭黎暄不願意發生的事。

若發生了那樣的事，蕭黎暄便覺得自己是被魏瀾施捨，而她不會讓這種事情發生。

聽到蕭黎暄的話，魏瀾冷靜了些，輕吁口氣，語氣冷硬地道：「如果真與妳無關，妳那晚就不該出現……算了，這不是重點，也不是我今天來找妳的主因。」

蕭黎暄清楚知道，情緒上頭的不只有魏瀾，還有自己。魏瀾並沒有說錯什麼，是自己主動攙和進去，沒理由撇得一乾二淨。

彼此各自冷靜後，魏瀾接著說道：「我今天來找妳，是想提前知會妳，之後再答覆蕭旭昇的父母——葉靖陽回來了，我不知道妳記不記得他……」

——怎麼忘？

蕭黎暄險些這麼脫口而出。從魏瀾口中聽到那個男人的名字時，蕭黎暄感到胃一陣翻攪，不斷湧上噁心感。

那可是魏瀾的生命中，唯一一段戀情。曾成為魏瀾唯一交往對象的人，蕭黎暄不知道該怎麼遺忘。

瞧蕭黎暄的表情，魏瀾便知道蕭黎暄並未對這名字感到陌生，接續道：「總之，我跟蕭旭昇恐怕是沒機會了。」

蕭黎暄看向魏瀾，直直地看進她的眼裡，用盡氣力裝得雲淡風輕，假若漫不經心地問道：「所以，你們要復合嗎？」

蕭黎暄的內心彷若被撕裂般疼痛，她的心裡正在不斷叫囂，要自己立刻轉身離開，可蕭黎暄的雙腿似是被釘在原地似的，動彈不得。

蕭黎暄不確定自己是否能承受問題的答案便衝動地脫口而道，她感到後悔無比，可又因為一時的衝動而有種解脫感。

要是，魏瀾告訴她，她決意要與葉靖陽復合，那麼蕭黎暄或許明天便可以主動向上層遞出離職書，就此無牽無掛，然而，魏瀾卻這麼回應她——

「葉靖陽確實有跟我提過這想法。」

蕭黎暄自認自己的分析能力並不差，且她與魏瀾已認識多年，雖不敢說摸清底子，但也懂個七七八八，可蕭黎暄卻發現她無法從魏瀾的字句中推敲出真正意涵。

魏瀾的態度太過曖昧不明，蕭黎暄無法參透，便有些來氣。

「魏瀾，妳到底想說什麼？」

為何不一刀斬斷自己所有的念想呢——蕭黎暄的疑問，也是魏瀾對於自身的困惑。

魏瀾知道，她大可告訴蕭黎暄，她會重新考慮與葉靖陽復合的可能，可魏瀾的直覺卻不允許這樣說出口。

魏瀾總覺得，倘若她多說了一句，那麼……蕭黎暄可能就這麼消失了。

魏瀾所做的一切，都是為了讓蕭黎暄留在這個商場上，與她繼續抗衡與廝殺，卻又因為在倫敦時裝週上遭受到了背叛，令她怒不可遏，斷然斬開這個念想。

可是，在今天收到一封信後，令魏瀾發熱的腦袋隨即冷卻，降至冰點。

魏瀾梳理思緒後，望向蕭黎暄，語氣冷涼。

「妳曾經收回過的訊息，到底是什麼？」

蕭黎暄一愣。

蕭黎暄沒想到魏瀾會提起這件事，默了下，隨即扯了下唇角，滿不在乎地道：「那個啊……已經不重要了。」

葉靖陽回到魏瀾的世界了，所以，不重要了。蕭黎暄輕笑一聲，欲轉身離開時，手腕倏然被拽住——

魏瀾精緻的五官，在眼前急遽放大，蕭黎暄震驚得忘了甩開與掙扎。

魏瀾挨近蕭黎暄，咬著牙，再問了一次。

「Eliana 到底跟妳是什麼關係？」

蕭黎暄不明白魏瀾為何執意要知道訊息內容。

蕭黎暄對於魏瀾的認知，在一次又一次的互動中不斷更新與推翻。自那次相親之夜後，兩人的關係似乎產生了質變。

維持多年的平衡，一旦失衡，便容易失控。

蕭黎暄不確定這是不是好事，她只知道，對於這個人的喜歡近乎滿溢，蕭黎暄竭力維持的對立與抗衡，魏瀾總能輕易擊潰。

魏瀾不過是拽了自己一下，蕭黎暄便腦海一片空白。平日在商場上那獨到的思維、靈活的應對，私下遇上魏瀾後，蕭黎暄便覺得自己不是俐奧執行長，而是魏瀾的學妹。

「回答我。」

魏瀾一聲冷硬的重申，令蕭黎暄回過神。她甩開魏瀾，迅速別開了眼，故作鎮定地道：「我沒理由回答妳。」

「妳有。」

魏瀾強硬地扣住蕭黎暄的下顎，逼蕭黎暄直視自己——

「Eliana 聯絡艾偌，表示有興趣了解——這是不是妳的意思？妳收回的訊息，是不是跟 Eliana 有關？」

美目圓睜，那雙美麗的眼眸沒能藏住驚訝，簡直是直接證實了魏瀾的猜測，她頓時感到怒不可遏。

「蕭黎暄……」魏瀾咬牙切齒，那張明豔的面容即便直面魏瀾，也毫無懼意，直直地瞪著魏瀾。

「Eliana 是我的朋友，我自然會做出最有利於她的選擇。」

蕭黎暄的語氣冷硬，心跳卻不由自主地加快。

太近了，挨得太近了。

過分的近距離，使得五官的感知特別敏感，連淺薄的鼻息都能為之顫慄。

不妙，不可以。

蕭黎暄揮開魏瀾的手，那動作太過慌張失序，一掌拍在魏瀾那截露出的纖瘦前臂，白皙肌膚霎時紅了一片。

那痛覺如同曼陀羅花綻放，蔓延四肢百骸，魏瀾的胸口隱隱生疼。

蕭黎暄別開臉，從魏瀾角度看去，是厭惡、是嫌惡、是不願與她有肢體接觸……可那在天際酒吧裡，魏瀾清楚記得 Eliana 是如何自然地觸碰蕭黎暄的腰側、肩膀與大腿……

現下不過就是被自己碰了下臉，反應有必要這麼大嗎？

蕭黎暄自然不明白魏瀾想些什麼，她整了整狀態，調整呼吸，再一次迎上魏瀾的視線，目光堅定。

「確實，是我將艾偌引薦給 Eliana，但做出選擇的是 Eliana 不是我。同樣的，即便今天

Eliana 主動聯繫艾偌，妳應該也明白，只有白紙黑字可以信，除此之外都必須抱持保留態度——妳是剛出社會的菜鳥嗎？魏總經理。」

魏瀾語塞，被這段話堵得說不出話。

蕭黎暄並沒有說錯什麼，魏瀾也明白這道裡。放在平日魏瀾絕不會如此衝動行事，會冷靜地分析利弊，權衡進一步決策，可偏偏碰上蕭黎暄這個變因後，她便亂了套。

自從前往倫敦參加時裝展，意外得知 Eliana 與蕭黎暄交好這事，魏瀾便覺得心如亂麻，而她並不知道原因。

正因為不知道，所以，才特別焦躁。

「……妳說的對。」魏瀾主動後退一步，嗓音冷涼，態度和緩。「這件事，確實是我冒犯了。」

當蕭黎暄見到魏瀾後退一步時，她險些沒忍住地上前拉回魏瀾，可蕭黎暄的理智終究克制了自己。

對現在的蕭黎暄而言，什麼都可以失去——打拚多年的事業、暗戀許久的學姐、得來不易的合夥邀請……只有她喜歡魏瀾的這份心情，不能見光、不能為人所知。

蕭黎暄知道，一旦魏瀾知曉這件事，必定會捨她遠去……魏瀾不喜歡弱者，更不喜歡他人示弱。

即使，先喜歡上的那個人，注定全盤皆輸，蕭黎暄仍選擇守住自己的尊嚴，站在魏瀾面前，傲然以對。

魏瀾看了眼蕭黎暄，抿了下唇，在轉身上車之前，蕭黎暄叫住了她。

「我是不會幫妳傳話的……關於我阿姨與姨丈安排的相親，妳要拒絕就自己去吧。」

別殘忍地要求我，主動向他人宣示妳可能展開的戀情……

魏瀾手搭在門上，輕嘆口氣，說道：「事實上，我明天晚上就會去蕭家吃飯，也許……不，沒什麼。」

……也許妳有機會出現？

後面的話，魏瀾說不出口。經過她鮮少有的衝動行事後，對於蕭黎暄，魏瀾無法心實地認為，自己是絕對正確的。

蕭黎暄嘆口了氣。

在魏瀾坐進車後，蕭黎暄朝著魏瀾走去，繞到了副駕駛座。魏瀾降下車窗，疑惑地看著蕭黎暄，可蕭黎暄沒答話，逕自開了副駕駛座的車門，並坐了進去。

魏瀾愕然。

「就當妳來俐奧撒野的代價。」蕭黎暄一邊繫上安全帶，一邊道：「妳當司機，閉上嘴乖乖往前開就是了。」

理虧在先的魏瀾沒置氣，低應了聲，便按著蕭黎暄的意思駛出俐奧，當了回司機。

蕭黎暄單手支頭，望著車窗外不斷變換的風景，面上看似平靜，可只有蕭黎暄知道內心如何喧囂。

蕭黎暄想，這也許是她為數不多的勇敢吧。

蕭黎暄與魏瀾看似相彷，事實上截然不同。魏瀾的自信生於得天獨厚的家世環境，以及天生優於他人的外貌與腦袋，使她成長路上鮮少受挫，順風順水地過來了。

可是，蕭黎暄並非如此。

蕭黎暄並無優越的才能，她是靠著後天努力追趕他人，再為了心愛的人勇敢跨越難關，逼得自己不得不強大、不得不堅強，惟有如此，她才有機會與魏瀾平起平坐。

可蕭黎暄知道，自己的本質是膽小的、是怕生的，即便她有張明豔好看的面容，仍無法改變她的本質。

經過幾條街後，蕭黎暄總算要魏瀾靠邊停車。熄火之後，魏瀾往旁一看，是棟正施工中的大學圖書館。雖尚未完工，但雛型已成，能大致想像這棟圖書館未來的樣貌定是優美奪目。

「這是蕭旭昇的作品。」蕭黎暄說。

魏瀾一怔。

蕭黎暄主動下車，魏瀾跟上，兩人雙雙走進大學校園。魏瀾走到蕭黎暄的身邊時，聽到蕭黎暄說道：「我的表哥，很笨，但是人真的很好……可他這輩子就只會愛建築。無論是男是女，跟了他都是一場災難，他自己也相當清楚，所以極力抗拒相親……」

蕭黎暄停下，直直地望著魏瀾。

夜風微涼，徐緩拂過，蕭黎暄站在路燈之下，那盞鵝黃色的暖光撒落，彷若在她的周身鍍上一層金圈，豔麗的面容柔和幾分。

「——這就是我出席那場相親的理由之一。」

魏瀾怔然。

相親當晚翩翩而至的蕭黎暄，一直是魏瀾心裡的疙瘩。魏瀾雖然隱隱知道可能有理由，可她沒想到，是蕭黎暄主動出席。

魏瀾一直以為，是蕭旭昇臨陣脫逃，而蕭黎暄為了俐奧、也為了自己表哥，不得不出面，可原來……

「妳說，『之一』？還有什麼理由？」

蕭黎暄低下眼，笑容淺淡，不如以往那樣趾高氣昂、笑容挑釁，眼前的蕭黎暄，忽然讓魏瀾覺得，她似乎隨時會消失似的。

「其他理由啊……」蕭黎暄輕聲複述，卻未正面答覆。「……總之，我可以幫表哥擺平一次，就可以擺平第二次，妳就別擔心明天的事了。」

此刻，魏瀾早已忘了煩憂明天的相親，反而不知為何地擔心起蕭黎暄。

可蕭黎暄卻自顧自地往回走，再回到車上，任著魏瀾之後如何搭話，她都沉默不語直至返家。

魏瀾將蕭黎暄安全地送回住處，蕭黎暄道了謝，便頭也不回地上樓。

蕭黎暄不知道的是，倘若進屋前她回頭看一眼，也許，她便能看到魏瀾欲言又止的神情中，透出兩個字：別走。

而那時的魏瀾並不知道，在不久的將來，一語成讖。

Chapter 3

蕭黎暄是說到做到的人。

當魏瀾如約前往蕭家時，蕭黎暄雖然沒有出現，但是魏瀾明顯感覺到蕭旭昇的父母態度與上次截然不同，談話間不再有逼婚意味，直至晚餐結束，魏瀾才聽到蕭旭昇的母親悠悠說了句話：「可惜啊，沒早點定下來，緣分盡了，那也沒辦法。」

那話雖然說得隨意，但資訊量龐大。在蕭旭昇禮貌地送魏瀾走出家門時，她忍不住問道：「你的父母今天是……」

蕭旭昇沒想到有日魏瀾會主動與自己攀談，他緊張了下，但想到之後彼此應該無特殊關係後，便語氣輕鬆地道：「啊，妳說我爸媽啊？確實他們放棄了——黎暄介紹了一個同樣是建築師的女生，其他條件、年紀都與我差不多，我爸媽感覺也挺喜歡對方的，再加上……」

蕭旭昇的目光溫和，帶著幾分笑意，直直地看著魏瀾。

「我想，應該沒有人看不出來，魏總經理對我沒這意思。」

魏瀾一愣，想說些場面話，但蕭旭昇不在意地擺擺手，主動為魏瀾打開車門，笑容爽朗。

「沒事，這是件好事——妳值得更好的人。」

魏瀾坐進駕駛座，微仰頭望著蕭旭昇，語氣真摯。

「你也是。」

關上車門駛離蕭家後，魏瀾頻頻想起蕭旭昇那句話：蕭黎暄找了個更適合蕭旭昇的對象。魏瀾本來以為，蕭黎暄是將葉靖陽的事情告訴蕭旭昇的父母，可原來蕭黎暄並非如此處理這事。意識到是自己再一次會錯意，魏瀾輕吁口氣，心情有些五味雜陳。

蕭旭昇的父母能放棄這樁相親自然是好事，可魏瀾知道，有第一次，就有第二次——她自己的父母肯定不會善罷甘休，不知道什麼時候又要給自己塞對象……

問題根源不解決，魏瀾只會陷入惡性循環中。

要解決父母的施壓，果然還是要有論及婚嫁的對象才行……紅燈前，魏瀾停下，想起葉靖陽的笑容便感到煩躁不已。

幾年之後再見葉靖陽，魏瀾已記不起當初到底為何會答應交往一事……葉靖陽其實並沒有改變，依舊聰明、帥氣且富有魅力，他懂得如何逗女孩子開心，也知道如何哄女生，但這些在魏瀾眼裡，不值一提。

魏瀾想，若自己要有對象的話……相貌與穿搭是基本條件，也是魏瀾無法捨棄的職業病。她身處於時尚產業，天天浸淫於時尚潮流間，需要對於「美」保持高度敏銳。

再來是，魏瀾會希望對方有自己的事業，且最好能與自己旗鼓相當，甚至平日忙於事業也無所謂，只要彼此對於未來有共識，且能一同向前即可。

至於年紀、家世背景、是否有房有車……魏瀾毫不在意。

綠燈亮起，魏瀾煩躁地嘖了聲，方向盤一轉，便往住處反方向駛去。

✦✦✦

在魏瀾離開後，蕭旭昇散步到巷口附近的咖啡廳找蕭黎暄。

一見到蕭旭昇如釋重負的樣子，蕭黎暄忍俊不禁，劈頭道：「怎麼？這次相親圓滿結束了？」

「蕭大執行長出手，能不圓滿嗎？」蕭旭昇滿面笑容地坐到蕭黎暄對面，向她說起了今晚相親的種種。

「……總之，這次我爸媽也不催我啦，要我先好好認識對方。」蕭旭昇如此道。

「那挺好。」蕭黎暄喝了口鮮奶茶，接著道：「下次妳可要請我祕書吃飯，人是她介紹的，你別忘了。」

「我知道——」

說來在蕭黎暄為簡祕書寫介紹信後，簡祕書一把眼淚一把鼻涕地問自己能否為蕭黎暄做些什麼時，蕭黎暄曾開玩笑地這麼說過——

『那幫我那只愛建築物的笨蛋表哥脫單好了。』

蕭黎暄說得隨意，可簡祕書往心裡聽了，還真的從自己朋友圈中找到一位與蕭旭昇年紀與條件相仿的單身女性，且兩人行業相同。雙方見面時，本來只愛建築的蕭旭昇，一碰到同行話匣子大開，兩人聊得相當投緣，這讓蕭黎暄訝異不已。

既然有這位女性出現，要說服蕭旭昇的父母放棄魏瀾便不是什麼難事，再加上蕭黎暄理性分析起魏瀾與蕭旭昇個性上的不合適，最後蕭旭昇的父母才願意死了這條心，單純以家宅主人的身分招待魏瀾。

「不過，那個魏瀾條件那麼好，根本不必相親吧？」蕭旭昇不禁脫口說道。

蕭黎暄聳了聳肩，彎彎唇角，語氣平淡。「誰知道呢？搞不好人家其實有發展中的對象啦。」

事實上，確實有。

當蕭黎暄從魏瀾口中聽到「葉靖陽」三個字時，只感到絕望與不甘心，可那又如何呢？

一向情感遲鈍的蕭旭昇沒察覺到蕭黎暄的異樣，繼續道：「也是啦，人家私生活怎樣我們也不曉得……倒是妳，妳就不擔心下一個被催婚的人是妳啊？」

蕭黎暄抬起頭，無所謂地笑了笑，坦然道：「要結婚，也得要有工作啊。」

聞言，蕭旭昇一怔，愣愣地看著蕭黎暄，不可置信地問道：「什麼意思？」

「我很快就會離開俐奧了。」這是蕭黎暄第一次向蕭旭昇提起這事，語氣平靜。「之後也不見得會待在台灣……所以，你好好照顧自己。」

「黎暄……」

「哎，我不會餓死的。」蕭黎暄打斷他，笑容輕鬆。「大不了蹭你一棟房子？」

蕭旭昇立刻點頭，就要翻出地段讓蕭黎暄選，嚇得蕭黎暄不敢再逗弄自家表哥，再三保證一切都在預料中後，蕭旭昇才打消這念頭。

「那妳離開俐奧之後，有什麼打算？」蕭旭昇問。

蕭黎暄看了看四周，壓低聲音說道：「首先，我得當導遊——Eliana 結束巡演後，會來台灣找我玩。」

聞言，蕭旭昇驚呼一聲，在蕭黎暄的怒視下，蕭旭昇憋回驚呼聲，放輕音量問道：「然後妳要休息一陣子，邊走邊看嗎？」

「然後……」蕭黎暄攪拌杯中鮮奶茶，想起 Eliana 的玩笑話，彎彎唇角。「也許我就會跟她走了。」

◆◆◆

當蕭黎暄一如往常地進公司時，她立刻感覺到氣氛不對。

當她走進辦公室，見到簡祕書慌張的神情時，便知道這一天還是來臨了。

「老、老闆，那個……」

「別慌慌張張的，好好說。」相較於簡祕書的驚慌，早有心理準備的蕭黎暄顯得泰然自若許多。見狀，簡祕書面色悲慼地顫顫道：「董座們找妳……」

蕭黎暄聳了聳肩，放下公事包的同時，猶如將肩上的重擔一併卸下。

努力了這麼多年，無愧於心。

當蕭黎暄走進董事長室時，挺直背脊、一身傲然，平靜地接受在座各個高層董事的數落，以及自以為是的施恩。

「蕭黎暄，念在妳也為公司付出多年，我們沒有要辭退妳，只把妳降級為區經理——」

「我不要了。」

「……什麼？」

蕭黎暄掃視在座各個董事，想起多年前俐奧瀕臨倒閉危機時，席上無人，只有蕭黎暄願意奮鬥下去。

幾年後，俐奧如日中天，這些人坐回了董事之位，毫不猶豫地剔除蕭黎暄，讓這執行長高位換上他們滿意的人選。

這樣的公司，不要也罷。

去意已決的蕭黎暄，毫無留戀地轉身走出董事長室，在眾人的注目下，回到座位上，而她發現簡祕書已經為她整理好雜物。

蕭黎暄感激地一笑，這個笑容，險些逼哭了簡祕書。

當年俐奧的落魄，以及蕭黎暄的堅持與頑強，簡祕書全看在眼裡。在簡祕書心中，蕭黎暄是驕傲的、是自信的，不該最後在眾人面前，留下狼狽的背影。

簡祕書不允許發生這種事。

簡祕書一把抱起紙箱，態度堅定且不卑不亢，用著所有人都能聽見的音量說道：「執行長，請讓我幫妳把這些垃圾搬下去。」

蕭黎暄怔忡了下，點了頭，與簡祕書一前一後地走出辦公室。一進電梯，蕭黎暄略帶斥責地說道：「妳怎麼那麼衝動呢？」

簡祕書抿了下唇，不甘的心情使她的話說得又急又快。「因為我心中清楚明白，什麼是對的、什麼是錯的——」

電梯直達地下停車場樓層，當門一打開，蕭黎暄抬手抹了下眼眶，微仰起頭，深呼吸數次才平緩心情。

簡祕書垂著頭，走到了熟悉不已的轎車旁，意識到這可能是最後一次為蕭黎暄做事時，她忍不住張開手，朝著蕭黎暄說道：「可不可以……抱一下？」

蕭黎暄以微笑代替回答，伸手擁抱她的好祕書、好夥伴，兩人共事多年，最後收尾是惺惺相惜，蕭黎暄已感到相當滿足。

蕭黎暄先拉開彼此間的距離，莞爾道：「恭喜妳啊，下週要去 Jason 的公司報到了吧？」

簡祕書點點頭，含淚望著蕭黎暄，語氣微顫。「如果沒有老闆妳的推薦，我根本不可能進得去的……我會好好做，不會丟妳的臉，我保證。」

蕭黎暄目光柔和了幾分，她拍了拍簡祕書的肩膀，便坐進了車裡，毫無眷戀地驅車離開停車場。

簡祕書站在原地，流淚目送蕭黎暄離開。她不知道未來能不能再見到蕭黎暄，可她相信，那張明豔的面容，無論未來發生什麼事，永遠都會掛著從容不迫的迷人笑容，身姿傾國又傾城。

在俐奧上下為蕭黎暄的離去感到不捨時，有個地方倒是洋溢著截然不同的歡騰氣氛。

「各位！俐奧的蕭黎暄走人啦！我們艾偌終於贏過蕭黎暄了！」

蕭黎暄辭職的消息很快地傳遍業界，自然包括最大競爭對手艾偌。艾偌全體一直相當忌憚俐奧、忌憚蕭黎暄，如今蕭黎暄走了，無疑是宣示艾偌的勝利。

而在這時候，葉靖陽先所有管理階層一步，宣布請大家吃披薩、喝飲料，公司上下因此更加熱鬧。

葉靖陽此舉既惹眼又加分，有些不熟悉葉靖陽的基層員工也藉此認識葉靖陽，那帥氣的外貌無疑是種加分，且公司內部一直有人在傳葉靖陽與魏瀾之間有私交。

「可是我覺得，葉經理更好一點……」幾名員工趁著四周無人，低聲討論著。

「哎，我也這麼覺得——魏總太冷冰冰了，雖然工作能力很強，但就有點高傲。」

「是啊！不像葉經理會常常來問候我們，要是哪天加班當晚還有消夜，這麼體恤員工的上司哪裡找……」

幾名員工正你一言我一語時，恰巧被路過的葉靖陽聽見。他瞥了其中一名員工，彎了彎唇角，並不打算停下腳步為魏瀾解釋。

這些人大概永遠也不會知道，自己之所以有合理的工時、合理的加班費以及三節禮金……等等，都是魏瀾誓死捍衛的結果。

葉靖陽搖頭笑嘆，望向魏瀾辦公室之方向，幽深的目光含著絲絲笑意，眼裡卻毫無溫度。正在辦公室內的魏瀾，雖然知道公司上下歡騰的理由，卻無法走出與之一同歡慶。

魏瀾站在窗前，看向俐奧的方向，不禁想：蕭黎暄……妳真的放棄了嗎？

入行多年，魏瀾一直滿心期盼這一天的到來，可當這天真的來臨時，她卻感到有些茫然。

恍然之間，魏瀾想起那晚前往「C&R」酒吧找趙綺談天時，對方冷不防的一句話，這幾天一直盤旋在心頭，揮之不去。

「妳所開的擇偶條件，不就是蕭黎暄嗎？」

話落，魏瀾拿在手上的酒杯險些落地。魏瀾怔怔地看著眼前的酒吧老闆兼調酒師的趙綺，不可置信地冷冷道：「妳在跟我開什麼玩笑？」

「我沒開玩笑啊。」趙綺無辜地調製酒品，冒著生命危險繼續說道：「妳所說的那些擇偶標準，就是蕭黎暄啊——與妳的事業相當、長得好看、懂得穿搭、愛好時尚——妳身邊除了蕭黎暄還有誰？」

一時間，魏瀾竟被堵得說不出口，猛地喝了幾口調酒，嗓音冷硬。

「她是女的。」

「所以？」

瞧魏瀾的神情有一瞬的動搖，如此難得的機會，趙綺不會放過，緊接著道：「我可不記得妳恐同。」

「我不是那意思……」

魏瀾的嗓音染上幾分無奈，她咬了咬牙，反駁道：「先不說我，那個蕭黎暄，她怎麼可能會接受？」

「……」

這下換趙綺無語，不知道該說些什麼才好。趙綺以為，魏瀾是刻意無視蕭黎暄那再明顯不過的愛戀，結果，原來是魏瀾絲毫未覺？

趙綺嘆了口氣，陷入了天人交戰。最後，她放下調酒杯，這麼說道：「魏瀾，妳為什麼不親自去問蕭黎暄呢？」

趙綺這話說得輕巧，執行起來卻是困難無比，魏瀾語塞，便轉了話題。

可趙綺這話，卻縈繞心上，久久揮之不散。

幾日過去，每個人都在關注俐奧新任執行長的動態，只有魏瀾在注意蕭黎暄離職後的消息。

魏瀾身為艾偌的總經理，對於業界消息掌握度高，人脈廣度並不遜於蕭黎暄，可無論魏瀾怎麼打聽，都無法掌握的蕭黎暄近況。

一日午休，魏瀾經過員工座位時，有個再熟悉不過的名字傳入耳畔——

『英國當紅女星 Eliana 傳低調入境台灣……』

聞聲，魏瀾停下，這突如其來的舉止嚇得那名員工立刻關上手機，驚慌地看著魏瀾，然而魏瀾只是瞥了一眼，說了句：「沒事，你繼續。」便走回辦公室。

那名員工不解地看著魏瀾的背影，想了想，或許是與公司內部近日頻傳的消息有關——艾偌與 Eliana 自創的服飾品牌之合作可能破局。

雖然公司高層從未大張旗鼓地表示 Eliana 的團隊曾來信過，但這般大事早已走漏風聲，包括遲遲無後續這事。

在艾偌的窗口收到 Eliana 的信後，魏瀾便成立專案小組，開始進行漫長的協商。儘管對方提出合作意願，但魏瀾知道，這次對方恐怕只是探探底子，並無實質意願。

魏瀾想，對方會這麼做，大概只是不想拂蕭黎暄的面子。

魏瀾知道，不代表其他人也知道——尤其高層對魏瀾寄予厚望，期待能藉此機會一口氣拓展海外事業版圖，以及站穩台灣時尚業地位，重視程度相當高。

思及此，魏瀾輕吁口氣，想起那人自信燦爛的笑容，魏瀾便眉頭輕蹙，語間抱怨中帶著一絲無可奈何。

「人走了還留下難題給我，真是的……」

既然 Eliana 傳出已入境台灣，那麼，似乎有必要聯繫蕭黎暄了，魏瀾想。

◆◆◆

習慣是一件很可怕的事情。

平日早晨，縱然沒有鬧鐘提醒，蕭黎暄仍於八點準時睜開眼。

若是往常上班日，蕭黎暄這時便會下床梳洗並更衣化妝，再神采奕奕地出門前往俐奧。

離開俐奧之後的平日早上，蕭黎暄坐在床上，環視房間擺設，忽然覺得世界靜得可怕。

若非中午要前往機場接機，蕭黎暄真不知道自己下床後該做些什麼。

蕭黎暄本來以為，自己與「工作狂」這詞沾不上邊，若非有魏瀾立於頂端，自己大概會得過且過，能養得活自己即可。

如今蕭黎暄離開俐奧了，對時尚產業也沒有執念了——蕭黎暄本來是這樣想的。

當蕭黎暄下床，為自己沖煮一杯咖啡時，她的大腦竟自動開始運轉，滿腦子都是關於俐奧的未竟之業。

在蕭黎暄的預期中，自己能毫無牽掛，就此閑散度日，可當真正離開俐奧了，蕭黎暄這才深刻地意識到，自己仍有許多事情想做。

原來，自己是真心喜歡這個產業，不再如當初那般僅是為追隨魏瀾而一腳踏進，這些年來，蕭黎暄早已是發自內心地熱愛這份工作。

既然想明白了這點，那麼，便沒什麼好猶豫了。

蕭黎暄放下手沖壺，拿著咖啡杯走到客廳，打開了筆電，開始打企畫案。

蕭黎暄不禁想，在葉靖陽再次出現於魏瀾的生活中，並且從魏瀾口中聽到「葉靖陽」三個字時，就該這麼做才對。

時近中午，蕭黎暄闔上筆電，揉揉眼睛，帶上平板出門。

在蕭黎暄方坐上車時，手機一陣振動，她想也不想地拿起並說道：「我現在要過去機場了……等等，不對，妳提早到了嗎？」

『妳要去哪？』

當預期外的冷嗓透過話筒傳來時，蕭黎暄腦袋一片空白，當意識到是誰打來時，她險些把手機扔出去，驚道：「魏瀾？」

魏瀾低應一聲，淡淡道：『妳是要去機場幫 Eliana 接機嗎？是的話，一起去吧。』

蕭黎暄一陣語塞，半晌，拔高的音量隨即透過話筒猛烈傳來，魏瀾一邊聽一邊默默拿遠手機。

「魏瀾！妳瘋了嗎？妳有什麼毛病？現在辭職的是妳還是我？妳憑什麼說走就走啊？下午不用工作是嗎——」

『事實上，我下午確實請公出。』魏瀾一邊走下樓梯到停車場，一邊回話。『而且，我想當面與 Eliana 談談。』

這件事情荒謬到讓蕭黎暄不小心氣笑了。

「魏總經理，我憑什麼要答應妳？給我一個理由。」

過去仍在俐奧並與艾偌對上時，蕭黎暄就非常討厭魏瀾那掌握一切般的理所當然的態度，現在她離開俐奧了，實在不明白魏瀾憑什麼仍這樣對她？

不過，蕭黎暄並不知道的是，在她看不見的地方，魏瀾正一手持著手機，一手微微地攥著衣袖，冷凝的面色難得流露些許不安，強裝鎮定地說道：『憑妳扔了一個炸彈給我——妳就跟我說實話吧，Eliana 壓根不打算跟艾偌合作，是不是？』

蕭黎暄一陣默然，半晌，魏瀾才聽到那聲如嘆息般的低語。

「兩小時後，桃園機場第二航廈見。」

話落，蕭黎暄直接掛上電話，將手機扔到一旁，趴到方向盤上。

蕭黎暄再次體會到，她的死胡同，就是魏瀾。

儘管她可以用一百種理由拒絕魏瀾，不讓這件事情發生，可只要魏瀾開了口，縱然事情不完全是自己的問題，蕭黎暄最後都會忍不住妥協。

甚至是，有些期待見到魏瀾。

思及此，蕭黎暄不禁苦笑，原本以為離開俐奧便能輕易斬斷情絲，至此各奔東西，再無瓜葛，可偏偏一通電話，又將她拉了回去。

唯一慶幸的是，這次會有 Eliana 在身旁，這樣她的注意力便不會全聚焦於魏欄身上，蕭黎暄便能時時刻刻地提醒自己：不可以、不可能。

不過幾日沒聽到魏欄的聲音，蕭黎暄便感覺自己的耳根子微熱，若不是隔空對話，蕭黎暄沒把握能泰然自若地面對魏瀾。

原來，蕭黎暄所卸下的，不只是俐奧執行長一職，以及面對魏瀾的那份驕傲與倔強，似乎也一併放下了。

蕭黎暄並不喜歡現在這種狀態。

蕭黎暄挺直背脊，離開方向盤，輕吁口氣，目光多了幾分堅定，朝著機場駛去。

既然不喜歡，那麼，做出改變就行了。

◆ ◆ ◆

兩小時後，魏瀾如約現身於機場航廈。

在兩人結束通話後，魏瀾便收到蕭黎暄發來的班機資訊。至今，她仍不知道為什麼蕭黎暄有她的私人號碼。

而未解之謎，也不只這一個。

魏瀾對於蕭黎暄的認知，是與俐奧掛勾在一塊——魏瀾可以一一細數這些年來蕭黎暄對於俐奧的營運方針，卻不知道蕭黎暄的生日、星座與家世背景。

縱然兩人曾就讀同一所大學，實屬學姐學妹的關係，魏瀾對於蕭黎暄的了解仍少之又少。過去魏瀾不曾在意過蕭黎暄本人的事情，只在乎身為俐奧執行長的她會做出怎樣的決策。

魏瀾不禁想，是從什麼時候開始，看待蕭黎暄的角度與以往不同了呢……

果然還是相親那晚之後，便在不知不覺中產生了質變。

聽著機場內的廣播，魏瀾查看了班機時刻表，確認 Eliana 的班機平安抵達之後，便走到與蕭黎暄約定好的會面點。

在蕭黎暄的記憶中，鮮少見到魏瀾等待的樣子。總是別人在等魏瀾，包括自己。

蕭黎暄總覺得，魏瀾並不適合等待，可今日見到魏瀾靜靜立於人群中的模樣，蕭黎暄不禁放緩腳步。

這樣的魏瀾，大概不會再見到第二次了，蕭黎暄想。

儘管蕭黎暄未出聲，甚至連手機都保持靜音狀態，魏瀾忽地抬起頭，似有所感，望向蕭黎暄的方向。

四目相迎時，蕭黎暄想起在大學的禮堂中，仰望過魏瀾。

那時的魏瀾站在講台上，手持麥克風，沉穩地發表致詞。身為學生會會長的魏瀾，面對的是底下百名大一新生。

那一刻起，蕭黎暄的眼中便有了魏瀾，而魏瀾並不知道蕭黎暄是誰。

可如今，魏瀾卻在人群中，見到了蕭黎暄。

蕭黎暄走入人群中，順著人流走向魏瀾。魏瀾杵在原地，姿態淡漠、一身清冷，儘管她正沐浴於上方玻璃罩撒落的陽光中，可身上霜雪似乎未消融半分。

魏瀾總是這樣，理性、淡漠且強大——蕭黎暄對此是又愛，又恨。

人群熙攘，旅客來去。

蕭黎暄走得並不快，甚至給人一種優雅從容的感覺。

學生時期的蕭黎暄，魏瀾已記不太清楚了——並不是蕭黎暄沒有存在感，反之，蕭黎暄身上的光芒強烈到魏瀾不得不刻意忽視。

魏瀾並不習慣被人緊追在後的感覺，且事實上，在遇上蕭黎暄之前，魏瀾從未感到被人追趕的壓力。

然而，蕭黎暄卻做到了。

在大學畢業時，魏瀾是真心地鬆口氣，只因為魏瀾認為，往後人生再不會碰上與蕭黎暄相似的人。

蕭黎暄跟別人是不一樣的。

可不過畢業幾年，蕭黎暄踏進了時尚業，這一次不是學校，而是商場，魏瀾避無可避。

一如此刻，魏瀾直直地面對蕭黎暄，以及，方走到出口的 Eliana。

蕭黎暄看了眼魏瀾，很快地走向 Eliana，迅速拉著對方走向門口，一面喊上魏瀾。

「愣什麼？快走啊！」

魏瀾頓了下，才邁開長腿跟上。

這一次 Eliana 獨自來台屬私人行程，並未對外公開，雖然有消息傳出，但行程未被掌握，蕭黎暄才得以來替 Eliana 接機。

……雖然沒想到會多一個魏瀾。

魏瀾默然跟上前方兩人，在走進蕭黎暄的轎車時，魏瀾先一步搶在 Eliana 之前，占去了副駕駛座。

蕭黎暄愣愣地看著魏瀾，而 Eliana 則是眉梢微抬，眼眸含著絲絲笑意，聳聳肩，主動開車門坐進了後座。

蕭黎暄瞪了眼魏瀾，礙於此地不宜久留，於是暫時妥協於這樣的安排，趕緊坐上駕駛座，揚長而去。

駛離機場確定沒被跟車後，蕭黎暄深吸口氣，咬牙說道：「魏瀾，妳真的是，很有本事。」

很有本事把人氣得七竅生煙。

正坐在後座的 Eliana 打扮低調，戴著鴨舌帽與黑色口罩，僅露出一雙美麗的淺灰眼眸，見到蕭黎暄炸毛的模樣，眼眸彎了彎。

幸好坐後座，才能見到這般好戲。

而副駕駛座的魏瀾雙手抱臂，語調平淡：「我怎麼了？我是禮遇賓客，讓客人坐在舒適的後座——還是妳開車技術太差，坐後座彷彿是坐雲霄飛車？」

「……魏瀾，妳信不信我真的會把妳趕下車？」

「噗哧。」

在前面的兩人吵得不可開交時，後座的 Eliana 沒忍住地噗哧一笑，恰巧讓兩人休戰。紅燈前，蕭黎暄瞥了眼後照鏡，說道：「Ana，抱歉，來不及跟妳解釋……總之，我不小心帶上魏瀾了，我保證晚上會跟妳說明來龍去脈。」

Ana？晚上？

魏瀾捕捉到了兩處關鍵詞，選擇先質問後者。「妳要陪 Eliana 住酒店嗎？」

在後座的 Eliana 很快地意會到魏瀾恐怕真的來得相當臨時，於是她沒錯過這個機會，趁著下一個紅燈前，將身子向前挪近駕駛座上的蕭黎暄，修長的手指輕巧地在蕭黎暄肩上游走。

「我要住暄的家裡啊，魏總，那裡可比五星級酒店舒適多了。」

綠燈亮起，Eliana 收回手，似笑非笑地看向魏瀾，見魏瀾神色微僵，目光有些閃爍。

蕭黎暄沒意會旁邊二人迥異的心思，自顧自地理解，再逕自說道：「不好意思喔，讓高貴的賓客下榻簡陋的寒舍，這就是我的待客之道。對此，妳有什麼不滿嗎？魏總。」

那一聲聲的「魏總」令魏瀾想起自己的身分是艾偌的總經理，按理說，她應該要竭盡全力地拉攏 Eliana，討好她、滿足她，才有機會拿下合作。

這些，魏瀾都明白，可她卻隱隱地感到抗拒。

面對著 Eliana，魏瀾有著說不出的煩躁，而原因似乎不是因為遲遲談不成合作……可到底主因為何，魏瀾自己也說不清楚。

她就是，不喜歡看到 Eliana 對著蕭黎暄恣意妄為，舉止親密。

一路上，蕭黎暄都在生悶氣。

當然，她生氣的理由絕對與魏瀾有關，畢竟她沒少被魏瀾氣到，絕不差今天這次，可是……讓蕭黎暄焦躁的是，魏瀾對 Eliana 的態度與重視。

蕭黎暄一直都知道，魏瀾就是一個工作狂，而如 Eliana 這樣的人，魏瀾絕不會輕易放過機會，連今天魏瀾特意來了機場一趟，蕭黎暄也認為，全然是因為 Eliana。

蕭黎暄一方面覺得這就是魏瀾會做的事情，一方面又感到有些不悅與煩躁，兩種情緒在拉扯，使她的臉色看上去不甚好看。

直至抵達蕭家，車方停妥時，魏瀾落下了一句話，讓蕭黎暄徹底炸鍋。

「我可以替 Eliana 訂酒店，費用我負責。」

「……魏瀾，我確實不再是俐奧的執行長，但妳有必要這樣羞辱我嗎？」

魏瀾神色一僵，眼底閃過一絲懊惱，蕭黎暄氣笑了，沒注意到魏瀾的欲言又止，正要發話，卻被 Eliana 先一步截斷。

「哎，好啦，別鬥嘴了。」

Eliana 揚起嘴角，介入兩人中間，看了眼蕭黎暄，再看看魏瀾，淺哂道：「魏總，謝謝妳的好意，但我只想住在黎暄家。另外，我知道妳為什麼來找我，改天我會主動拜訪，我保證。」

話已說到這個分上，魏瀾知道自己沒理由繼續堅持，她瞅了蕭黎暄一眼，瞧那明豔的面容臉色不甚好看，便知道蕭黎暄會錯意。

魏瀾並不是這個意思。

蕭黎暄暗暗深呼吸，順了順情緒，無視魏瀾的視線，主動為 Eliana 卸下行李並搬進家中，而 Eliana 朝魏瀾點了下頭，神情似笑非笑。

被晾在一旁的魏瀾心裡很不是滋味，可這不是她的地盤，Eliana 甚至不是自己的客人，魏瀾不知道怎麼開口。

見魏瀾像座雕像杵在那，Eliana 湊到蕭黎暄身邊，壓低聲音道：「暄，連我都知道魏總不是那意思，妳應該也知道的吧？別生氣了，跟她聊一下？」

蕭黎暄睨向魏瀾，冷冷哼了聲。

「她愛站在那就站在那，誰理她？又不是我拜託她來的，誰稀罕？」

瞧蕭黎暄氣呼呼的炸毛模樣，Eliana 忍俊不禁，也就只有魏瀾能讓蕭黎暄反應如此之大了。

Eliana 所認識的蕭黎暄，其實挺漫不經心，對許多事情都不上心，可當蕭黎暄遇上魏瀾之後，變得既好勝又要強，彷彿怕被人甩在身後似的。

努力大步向前的蕭黎暄，相當耀眼。

Eliana 其實很喜歡這樣的蕭黎暄，也因此知道，蕭黎暄是真的喜歡魏瀾，而今日終於有機會親眼見到魏瀾，Eliana 大概明白為何蕭黎暄如此死心踏地了。

縱然魏瀾不特意做些什麼，僅是站在那，也會讓人忍不住多看幾眼。

饒是處於演藝圈中，閱人無數的 Eliana，也認同魏瀾確實相當迷人。立於塵世之間，卻不染喧囂，一身清冷，姿態傲然。

在搬進最後一個行李袋後，蕭黎暄看了眼魏瀾，發現魏瀾仍站在那，不禁嘆口氣。

真的是，煩死了。

蕭黎暄繃著一張臉，挺直腰桿，筆直地走向魏瀾，直至站定於她的面前後，咬牙道：「這次 Eliana 來台灣是『私人』行程，請魏總經理自重。」

聞言，魏瀾眉梢微抬，直道：「『私人』？是有多私人？」

蕭黎暄發現，自己真的很容易對魏瀾生氣，但魏瀾得負大半的責任。有時候蕭黎暄都忍不住懷疑起，是不是自己的脾氣真的很不好？

但聽聽魏瀾這理所當然的質詢語氣，蕭黎暄決定無視，擺出了送客的態度。

瞧這兩人一觸即發的模樣，Eliana 無奈地搖搖頭，在旁人私下看來，兩人還真是半斤八兩。

見蕭黎暄明擺著不退讓、不妥協的態度，魏瀾抿了下唇，看了眼 Eliana，隨即輕吁口氣，後退了一步。

「……我明白了。」

魏瀾的視線投向不遠處正在看熱鬧的 Eliana，禮貌地道：「我會等妳的消息，歡迎隨時聯繫我。」

話落，不遠處一輛眼熟的轎車由遠而近，蕭黎暄認得那車是魏瀾特助姜于彤的轎車，所以，當駕駛座降下車窗時，蕭黎暄不禁愣住。

「……葉靖陽？」

魏瀾一見到葉靖陽立刻皺眉，確認這車是姜于彤的轎車後，她質問：「怎麼是你？于彤呢？」

一次見到兩名學妹，葉靖陽勾起唇角，眨了眨眼，輕鬆道：「報告總經理，妳家特助臨時加班，我就自告奮勇地來接總經理了。」葉靖陽目光含著絲絲笑意，落於蕭黎暄身上，繼續道：「讓我送魏總回家，也沒什麼關係吧？」

無論現在是誰來接送，甚至是一般的小黃司機，魏瀾都不在意，她僅對於姜于彤並未事前報備這事感到相當不悅，而眼下魏瀾既沒有理由待下去，也沒有其他人可以接送，魏瀾只好點點頭。

當蕭黎暄見到魏瀾點頭時，呼吸一滯，心微微地拉扯了下，但面對魏瀾、面對葉靖陽，蕭黎暄神色木然，並未表現出分毫動搖。

她已經不是大學裡的小學妹了。

魏瀾一面低頭傳訊給姜于彤，一面走近葉靖陽的車。這時，葉靖陽主動伸長手為魏瀾打開副駕駛座的車門，然而魏瀾只是瞥了眼車門，隨手關上門，逕自坐到了後座。

葉靖陽臉色一僵，眼裡閃過一絲狠戾，很快地抹去了情緒，笑盈盈地對著魏瀾提出邀請。

「肚子餓嗎？要不要一起去吃宵夜？」

面對葉靖陽的盛情，魏瀾淡淡地瞥了眼，不帶情緒地應道：「下次吧，麻煩你送我回公司。」

「公司？」葉靖陽不解地道：「為什麼？」

尚未得到姜于彤回覆的魏瀾有些煩燥，語氣不善地說道：「葉經理，我應該不需要跟你匯報吧？我需要重複第二次，你才能聽清楚我說什麼嗎？」

語畢，魏瀾單手支頭，望向車窗外，對於前座那人的悻悻然絲毫未覺。葉靖陽咬了咬牙，驅車開往公司。

葉靖陽告訴自己，要沉住氣，現在還不是時候。

當轎車駛離蕭家，直至看不見車影後，蕭黎暄才收回視線轉身進屋。一踏進客廳，她便迎上 Eliana 似笑非笑的神情。

蕭黎暄有些氣惱，拿起抱枕扔向 Eliana，哼了聲。

「我才不在乎，別這樣看我。」

「好好，妳不在乎。」Eliana 拿起抱枕抱在懷中，那雙淺灰色眼眸直直地瞅著蕭黎暄，問道：「剛剛那是怎麼回事？」

「誰知道呢？搞不好下次就是坐結婚禮車來了。」

見蕭黎暄一副滿不在乎的模樣，Eliana 的笑容多了幾分無奈，上半身斜靠於蕭黎暄身上。

「暄，我就直接了當地問了——妳有沒有想過跟魏瀾告白？」

蕭黎暄身子一顫，推開 Eliana，不可置信中帶點慌張地道：「我瘋了我才跟她告白！而且，現在的我拿什麼喜歡她？」

Eliana 瞇了瞇眼，眼裡閃爍有趣的光芒，上身前傾，那張精緻的臉蛋靠近蕭黎暄——

「還是，妳放棄魏瀾，選擇我？」

「……別開玩笑了，這不好笑，Ana。」

聞言，蕭黎暄臉色一僵，皺起眉，眼神略帶幾分譴責。Eliana 不置可否地聳聳肩，繼續道：「妳又知道我不是認真的？」

「……」

蕭黎暄一陣無語，默默將身子往後挪幾寸，警戒地看著自家好友，搖搖手指。「我曾經看過一本小說，是女主有天酒醉醒來發現自己被閨密上了，希望我此生不會遇上這種事。」

聞言，Eliana 大笑幾聲，笑倒在蕭黎暄懷中，一邊說道：「嘿，我一向認為《The L Word》裡面 Bette 跟 Alice 這對很棒，而且在 Generation Q 裡面，Bette 也說了她認為的最佳前任是 Alice。」

蕭黎暄翻個白眼，推搡了下 Eliana，語氣堅定地道：「我絕對是推 Tibette。」

兩人對看了眼，同時笑了出來。

躺在蕭黎暄大腿上的 Eliana，凝視蕭黎暄明豔美麗的面容，揚起無奈的微笑，手指纏上蕭黎暄自然垂落的髮絲，輕巧地捲繞髮尾，漫不經心地說道：「妳這輩子真的只打算等魏瀾一個人嗎？妳真的要用一輩子去換一個魏瀾嗎？」

在 Eliana 看來，這不值得。儘管親自與魏瀾說上幾句話後，Eliana 可以明白蕭黎暄為何如此死心塌地，但這並不代表她認為魏瀾值得蕭黎暄漫無目的地等下去。

蕭黎暄自然也想過這件事。

正式卸下俐奧執行長的身分後，蕭黎暄給自己放個長假，她以為自己會很快樂、很享受假期，可每天醒來她想到的第一件事情，是在俐奧的未竟之業。

身處這個產業，她仍有許多想做的事情，她希望有自己可以發揮的舞台，而眼前便有一個機會，可這機會……有其代價需承受。

思及此，蕭黎暄輕吁口氣，直問道：「Ana，關於艾偌，妳是怎麼想的？」

聞言，Eliana 坐起身，伸個懶腰，斜倚沙發，姿態慵懶地說道：「老實說，我的團隊與我，都認為艾偌的提案可圈可點，可是，太保守了。」

艾偌與俐奧不同，是一間深耕產業多年的時尚品牌，有其優良的傳統需要去遵守，以致於種種決策上不夠靈活多變，無法提出讓 Eliana 以及其團隊眼睛一亮的企畫案。

「暄，我之所以對艾偌的態度消極，並不是出於私人恩怨——事實上，我頗為魏瀾感到可惜，我認為她應該可以做到更多創新與改革，但或許是背負品牌優良傳統，感覺她很多想法都被禁錮，非常安全，但也非常無趣。」

而 Eliana 從不是一個嚴謹小心的人，她的大膽與靈活展現於她的音樂作品中，她一向勇於面對各式各樣的挑戰，以及各項新鮮有趣的體驗。

這樣的 Eliana，對魏瀾便止於欣賞，無法更進一步合作。

話落，Eliana 望向蕭黎暄，拍拍身旁的空位，半玩笑半認真地說道：「如何？『合夥人』

的位子，我仍為妳保留著，當然──『女朋友』也是。」

Eliana 大笑幾聲，在抱枕扔過來前，主動站起身，拉著行李就要進客房。蕭黎暄翻個白眼，以掩飾有些慌亂的心情。

「……Eliana！」

這其實，不是 Eliana 頭一次提到感情的事情。

多年前，Eliana 來台灣高中當交換學生時，蕭黎暄與 Eliana 兩人一拍即合，在 Eliana 要回英國前，也曾提過類似的想法。

那時的 Eliana，也是半玩笑半認真地提出交往一事，而蕭黎暄只覺得 Eliana 是在開玩笑，兩人交換聯絡方式，當起了彼此的異國好友。

這些年間，Eliana 也陸續有了女伴，更在如日中天之時出櫃，成了英國知名出櫃女星，是許多人眼中的女神。

蕭黎暄便理所當然地認為，當時 Eliana 說的只是玩笑話。

可是，現在呢？

蕭黎暄並不想承認，方才有一瞬間，她在 Eliana 的眼中，見到了一絲認真。

蕭黎暄輕嘆口氣，總覺得接下來與 Eliana 的同住生活，恐怕會增加變數，思及此，蕭黎暄便感到有些惴惴不安……

而另一邊的魏瀾則是在抵達艾偌之後，總算聯繫上自己的特助姜于彤，劈頭直道：「妳到底在搞什麼？」

姜于彤抖了下，方解決工作上棘手案子的她，聲音染上幾分委屈地說道：『Lan，我可以解釋……』

「我不想聽。」

姜于彤噤聲，吞嚥了下，聽著自家上司冷冷道：「無論妳今天是什麼理由，妳都不該知而不報，通知我一聲並不難。」

『……是。』

魏瀾說的其實並沒有錯，於情於理都相當合理，可姜于彤仍有些不開心。

姜于彤自然知道今日自己的作為並不妥當，可她並非毫無理由地這麼做——魏瀾提早離開公司，讓她只能代理上司的職務。

顧客來得突然、上司走得任性，是姜于彤忙得焦頭爛額後才得以順利解決。

不過是這個環節疏忽了，姜于彤不明白為何自己不能將功贖罪？

工作上的魏瀾，極其理性，唯獨碰上了與蕭黎暄相關的事情才會有自己的主觀意識。

這些，姜于彤全看在眼裡，但念及對方照顧自己多年因此一直隱瞞，可如今被這麼訓斥，姜于彤恍然想起葉靖陽時常在自己耳邊如此低語。

『彤彤，魏瀾不該這麼對妳，妳已經做得很好了。』

『說真的，該上哪找像妳這麼好的特助？魏瀾應該多珍惜妳。』

『魏瀾這樣真的很不好，妳不該對她言聽計從。』

『彤彤，魏瀾根本不是一個好人，她對妳那麼差，妳應該找機會教訓她，讓她知道自己是個很爛的上司。』

『彤彤……』

魏瀾掛上電話後，姜于彤默了許久，拿起手機，撥了通電話。

當電話接通後，姜于彤的心跳隨之加速，可她猶如脫韁野馬，任憑憤怒蒙蔽雙眼，這麼說道：「靖陽，其實有些事情，我一直沒告訴你……是關於魏瀾的事。」

姜于彤只記得魏瀾的嚴厲，卻忘了當初自己一無所有時，是魏瀾拉她一把，手把手地教導她，讓她從一個被家人債務追著跑的普通人，一步步成為頂級特助，立於千人之上。

魏瀾掛上電話後，走出辦公室邊輕吁口氣，回想方才的對話，多少是有些遷怒的味道。

魏瀾走出電梯直至無人的停車場，一邊坐進了自己的車，一邊想著明日得跟姜于彤道歉。

而那時的魏瀾並不知道，日後，她可能再無法做這件事。

巡演結束之後，Eliana 給自己放了長假，飛來台灣找蕭黎暄；其本意是要來度假放鬆，但意外碰上了艾偌的魏總經理，於是多出了一項工作排程。

這其實並不打緊，真正棘手的是，她不小心再度跟蕭黎暄告白了——儘管蕭黎暄一如既往地不當一回事。

方來台灣兩、三天的 Eliana 仍舊陷於時差之中調不過來，不過清晨便睜開眼，躺在床上直瞪著天花板，嘆口氣，輕巧地下床走出房間。

在 Eliana 來台灣前，蕭黎暄為她安排了多采多姿的緊湊行程，當 Eliana 真的抵台之後，她見了行程表，只是輕笑幾聲，捏了捏蕭黎暄肩膀。

「暄，真的不必為我做這麼多，跟妳白天逛個超市、晚上逛個夜市，其實這樣就足夠了。」Eliana 說。

蕭黎暄有些錯愕，瞧瞧自己那五顏六色的行程表，忍俊不禁地道：「也是，我都忘了其實妳很懶，以及，很愛吃。」

Eliana 望向蕭黎暄，見她低頭改起了行程表，那認真專注的模樣彷彿在寫企畫案似的，不禁勾唇一笑。

蕭黎暄把自己當作短暫來台的觀光客，可 Eliana 卻有別樣的心思。

那種心思，Eliana 選擇暫時隱瞞蕭黎暄，決定先放鬆幾日，將自己徹底淨空之後，再來與蕭黎暄商議。

在蕭黎暄之前，還有個魏瀾。

魏瀾啊……一想到那個魏瀾，Eliana 便覺得有點頭疼。本來是為了阻止蕭黎暄與魏瀾拌嘴爭吵而答應下來，現在想到要親自去見魏瀾，Eliana 便感到有些心累。

她不是討厭魏瀾，而是喜歡不起來——「欣賞」與「喜歡」本就是兩回事，更何況，那可是蕭黎暄追逐多年的對象。

儘管，Eliana 其實相當清楚，不喜歡蕭黎暄，才是蕭黎暄真正希望的——只是，Eliana 心底仍有一絲絲期盼。

喜歡蕭黎暄的心情，似是燭火微光，儘管微弱，可於心裡一隅始終不滅，就這麼持續多年。

Eliana 走出房間，瞥了蕭黎暄房門一眼，逕自走到了廚房為自己倒杯水，查看起行程，想著擇日不如撞日，不如明日就去，於是，她便發訊息給艾偌窗口。

中午，Eliana 確實收到了回覆。

那是一個，在她預期之外的答覆。

近中午，在房間做完瑜珈的蕭黎暄走出房門，與坐在沙發上的 Eliana 對到了眼。

蕭黎暄本來打招呼的手，在見到 Eliana 凝重的表情時，收了手，眉頭微蹙。

「怎麼了？發生什麼事了？」

蕭黎暄坐到 Eliana 的身旁，見到 Eliana 手拿平板，一副若有所思的模樣。Eliana 輕吁口氣，想著該不該開口、又該怎麼說？

那封 Eliana 寄過去的信，由魏灡的特助姜于彤親自回覆，內容寫道：『Eliana，非常抱歉，總經理身體微恙，回歸日期未定，恐怕無法接待您……』

後邊的客套話 Eliana 潦草略過，瞪著「身體微恙」四個字，感到有些不安。見到魏灡不過是這幾天的事，那時的魏灡盛氣凌人，哪有一丁點不適的樣子？怎麼就忽然無法進公司了？

除非，是出意外了。

「不是吧……」Eliana 不置可否地乾笑幾聲，低聲喃喃，怎麼可能這麼湊巧？

可要是，真的是出意外了呢？

「Eliana！」

「嗯？」

蕭黎暄的喚聲使她回神，Eliana 見到蕭黎暄那惶恐不安的樣子，輕吁口氣，無奈一笑。

「就是……魏瀾的特助說，魏瀾身體微恙，進不了公司。」

Eliana 發現，自己果然還是無法隱瞞，只因她不想見到這張本該光采奪目的明豔面容，有半分陰霾籠罩。

話落，Eliana 便見到蕭黎暄神情有一瞬的僵滯，強裝鎮定，用蠻不在乎的口吻說道：「呵，身體那麼差，還想掌管一間公司啊？」

真希望妳說這話時，表情可以更加輕藐，而不是眼神游移不安，Eliana 如此想。

Eliana 收起手機，站起身伸懶腰，想起昨日蕭黎暄提過今日起床要去吃早午餐，便轉頭看向蕭黎暄，然而已至舌尖的問句，在迎上蕭黎暄失神的神情時，硬生嚥下。

「暄。」

「嗯？」

聽見喚聲，蕭黎暄抬起頭，便聽到 Eliana 這麼說道：「——去找她吧，暄。」

聞言，蕭黎暄一怔，皺起了眉。「我、我才不要——」

「當是為了我。」Eliana 故意板起臉，義正辭嚴地說道：「妳知道我一向很守信，我已經跟魏瀾說了要主動去見她，那就得去。」

那雙淺灰色的眼眸，深邃而迷人，那悅耳的女嗓，唱過無數經典金曲，那清亮的歌聲與極具爆發力的鐵肺，以及那無人能及的創作能量，使得 Eliana 在英國樂壇上有著舉足輕重的地位。

被這樣的人這般凝視著，饒是相識多年，蕭黎暄也不得承認，Eliana 相當迷人。有多少人欽羨她與 Eliana 緊密的關係，有時連蕭黎暄也感到不可思議。

當年那個高中來台當交換學生的小女生，早已不復以往了。

「唉……」

蕭黎暄按著眉頭，抿了下唇，語帶保留地說道：「我會認真考慮的。」

而 Eliana 知道，蕭黎暄肯定會去的。

✦✦✦

在回完 Eliana 的來信後，姜于彤長吁口氣，著手處理下一位客戶。

雖然公司不會因為魏瀾短暫不在而大亂，可近期魏瀾的狀況與過往相比多了不少，無疑為姜于彤增加了工作量。

近期的魏瀾，可說是相當任性。

思及此，姜于彤嘆了口氣，雖然知道這次並非魏瀾自願發生，可工作擺在那，不得不做。

這時，姜于彤便無比感謝葉靖陽的救場，從公務堆中抬起頭，感激道：「謝謝你，靖陽，到處幫我聯絡……」

葉靖陽彎唇一笑，按著姜于彤的肩頭，擺出溫文儒雅的姿態，平和道：「沒事，大家都是公司同事，本來就該互相幫忙，再加上，是我向上面求情，希望魏總可以好好在家療傷，我理當幫忙妳分擔工作。」

「你人真好，靖陽。」姜于彤說。

那張俊顏面色和悅，近日天天對著姜于彤噓寒問暖。被人這麼呵護著，姜于彤心裡泛起一絲甜蜜，隱隱地對葉靖陽抱有期待。

看著忙於工作中的葉靖陽，那神采奕奕的自信爽朗感，姜于彤不禁想起幾年前這人方找上自己時，說的那句話。

『——因為我相當重視艾偌，而我知道妳非常重要，于彤。』

那時葉靖陽方出國，與人在台灣且為魏瀾左右手的姜于彤聯繫上，並保持一定的交流頻率。

這幾年來，葉靖陽始終將魏瀾的動向掌握於手裡。

當年與魏瀾交往時，心中攥了多少怨氣，此刻，他的企圖心就有多大。

而回老家一趟的魏瀾，渾然未覺。

微曦之中，日光盛放一片。

魏瀾悠悠睜開眼，在感受到晨光落於眼皮之時。

這是魏瀾待在這的第三天，當她睜開眼時，映入眼簾的一片翠綠鄉野，而不是高樓大廈。

儘管不是第一天回來老家，魏瀾早晨醒來仍感到有些不習慣。

魏瀾下了床，下意識尋找手機，這才想起她的手機在那場車禍中不幸摔壞，整支手機變得面目全非，不得已送回原廠修理，應是這兩日快遞會將手機送上門。

沒有手機、沒有工作的日子，令魏瀾有些無所適從。

魏瀾並不是會輕易感到懊悔的人，可回想起前幾日的那個場景，魏瀾一面感到心有餘悸，另一面感到有些後悔。

——她不該讓蕭黎暄以及 Eliana 影響自己的心情，更不該在心煩意亂時於深夜開快車，因此與重機騎士發生擦撞。

值得慶幸的是，雙方皆是受了點輕傷。對方摔車腳部挫傷，而魏瀾則是在撞擊中右手前臂至腕處有骨裂傷，以及頭部有輕微腦震盪，傷勢並不嚴重。

雖然不嚴重，可還是驚動了魏家那位家主——魏瀾的爺爺。

「感覺好點了？」

在魏瀾下樓，與自己爺爺魏濂卿對到眼時，被問了這麼一句。魏瀾稍稍抬起裹上石膏的右手，聳聳肩。

「死不了。」

「死囝仔。」

魏瀾輕笑幾聲，坐到餐桌前，看著這早已退隱江湖、歸於山林的親爺爺，魏瀾的目光柔和了幾分，語氣平淡地道：「我說過，我不嚴重，這是真的。」

正用平板看新聞的魏濂卿頭也沒抬，喝了口茶，接著道：「我要妳好好休養，也是真的。」

魏瀾對誰都能找到突破口與之抗衡，唯獨碰上自家爺爺總是沒轍。魏瀾笑嘆一聲，搖搖頭，改問道：「奶奶呢？」

正問起人，隨即有位儀態優雅、保養得宜的女士開門走進屋裡，後邊跟著提著兩籃有機蔬果的男人，朝魏瀾點頭致意。

魏瀾頷首，看向自己的奶奶胡琇盈胡女士，問道：「剛從莊園回來？」

後方男人搶著答道：「我本來要親自送過來的，但胡女士說什麼都要來莊園喝，我只好送她回來了。」

男人是魏家莊園的莊主，碰上魏瀾便趁機抱怨了幾句，要她多照看胡女士，別在清晨雨後四處亂跑。

然而隨興成慣，時常如陣風的胡琇瑩自然是沒聽進去，脫下身上那件小香風外套，朝著魏瀾慈藹一笑。「妳骨頭裂了，得多補充營養。」

然而魏瀾覺得，自己這次回來，已經補足一年份的營養了。

本來，在車禍中受點輕傷的魏瀾並不打算休養，本想繼續上班，然而卻被高層以及魏濂卿給阻止。

「魏總經理，妳就趁這機會好好休息吧。」董事們如此說道。

魏瀾無法否認，從高層口中聽到這話時是相當訝異的。在魏瀾印象中，自己在高層們的眼中便是賺錢機器，是必須遵守品牌優良傳統的提線木偶，怎麼就要自己休息了？

魏瀾因這話不禁想起進入公司後的種種，至今，從未真正地喘口氣。

在這個職位上，魏瀾從未鬆懈過，如履薄冰地走過數年，或許，是該給自己喘口氣了。

而另一個無法到公司上班的強力阻礙，便是魏濂卿。

『少了一隻手跟廢鐵沒兩樣，給我回來養傷。』魏濂卿在電話中如此說道，語氣是那樣不留情面。『不是妳自己回來，就是我過去抓妳，妳選一個。』

魏瀾嘆口氣，讓父母載自己回到山林中那棟緊鄰自家的咖啡莊園的別墅。魏瀾這幾天醒來便是面山雲、品咖啡，過得相當愜意。

遠離了城囂、放下了公務之後，魏瀾憶回那時的車禍，雖不致命，但那一瞬間，魏瀾的腦海中浮現許多畫面。

那些畫面中，有蕭黎暄的身影。

緩過車禍的衝擊之後，魏瀾省思起自己的這一生，除了事業有成、家境富裕以外，感情上竟近乎一片空白。

——唯一的汙點，大抵就是與葉靖陽交往的那段時光了。

若有台時光機能讓自己回到過去的某一個時間點的話，魏瀾會毫不猶豫地回到葉靖陽告白的那一天，然後，做出與當時截然不同的決定。

當時的隨意為之，令現在的自己進退兩難，魏瀾想。

魏瀾天生好強，不服輸的性子使她的目光始終落於那些與他人的競爭上，成績也好、分數也罷，魏瀾從不服輸，就連感情直至大學時期的最後，都是一種競爭——

「魏瀾，妳怕了吧？」

大學時期的魏瀾正站在圖書館前，雙手抱臂於胸前，眉梢微抬，低眼瞅著站在下方階梯上的葉靖陽。

「葉靖陽」這個人，她自然認得，隔壁棟系學會的會長。在魏瀾自己的系上，也多多少少聽聞有人愛慕這位學長。

愛慕的人之多，但並不包括自己。

「你說說看，我怕什麼？」

一般而言，魏瀾不會輕易搭理陌生人，可眼前這人臉上的自信笑容，讓魏瀾有些好奇，到底這人想說些什麼？

葉靖陽往上走了一個台階。

「妳怕自己會對我動真情——」

魏瀾冷笑一聲，這是她聽過最荒謬又最無理的告白了。魏瀾從不缺乏愛慕者，聽過各式各樣的告白字句，這種話，她倒是沒聽過。

葉靖陽一步步踏上階梯，最終走到了魏瀾下方那格，微仰起頭，目光含著絲絲笑意。

「妳要是不怕，就跟我交往啊？」

荒謬。

雖然荒謬，但是，不是不可行。

於是魏瀾拉過葉靖陽，讓葉靖陽站在與自己同格的階梯上，她似笑非笑地看著眼前的俊顏，是多少少女心中的念想，此刻，魏瀾看著他的目光，只閃爍著有趣的光芒。

「行啊。」

三月春風煦暖，陣陣吹拂過校園，將圖書館前誕生的情侶消息，傳遍整座校園。

無人震驚、無人訝異，只當那兩人郎才女貌、天生一對、萬般相配。

春風拂過每一處角落，包括那獨自在系學會辦公室中處理公務的倩影。微風陣陣，如同一隻溫柔的手，抹去了蕭黎暄頰邊的淚水。

當時的那陣風，與此時自山谷吹拂而來的風，竟如此相似。

從快遞手上簽收包裹，打開手機裝上 sim 卡，魏瀾走到陽台邊，任憑那陣風吹亂她的細髮。

儘管淩亂紛飛的髮絲遮掩視線，魏瀾仍清楚見到通知瀾上的那條訊息，與那個名字。

『妳這是放 Eliana 鴿子嗎？魏總經理。請妳當一個有信用的人，告訴我妳在哪，我帶她去見妳。』

為了 Eliana 來見自己啊……

魏瀾闔上手機，上身倚欄，遠眺山頭，想起車禍的瞬間，浮現的那張臉。

半晌，魏瀾拿起手機，發了條訊息後，便闔上手機放到一旁不再理會。而她，自然不知道當那人收到訊息時，有多咬牙切齒。

『妳想拿什麼跟我換呢？蕭黎暄。』

◆◆◆

「魏瀾，妳這個王八蛋……」

蕭黎暄收到魏瀾的訊息時，人正在住家附近的咖啡廳，氣得險些把店家的陶杯給捏碎了。

蕭黎暄真不知道自己上輩子造什麼孽，這輩子才會喜歡魏瀾來鍛鍊身心。蕭黎暄深吸口氣，按著眉心，怎麼也沒想到忐忑兩日之後，會收到這樣的回覆。

縱然沒有看見對方的臉，蕭黎暄也能想像魏瀾傳這訊息時，臉上的表情該有多輕藐。

然而，蕭黎暄卻又因為收到了魏瀾的回覆，而感到心安幾分。

那五味雜陳的糾結模樣，被方才從廁間走出的 Eliana 看見。瞧蕭黎暄那瞪著手機氣噗噗的小臉，Eliana 失笑，坐回了蕭黎暄對面，並問道：「魏瀾回了？」

蕭黎暄冷笑一聲，將手機拿給 Eliana 看，一邊悻悻然地說道：「我看她根本是去度假，看起來好得很，還敢不進公司啊？」

「喔？我看看。」Eliana 眉梢一挑，接過蕭黎暄的手機，瞅了蕭黎暄一眼，逕自按下了通話鍵——

「……喂？」

當電話打來時，魏瀾正走進別墅裡。她看了眼來電顯示，心跳漏了一拍，故作鎮定地接起，一顆心不受控制地被擾亂，可很快地，往下一沉。

『午安，魏總經理。』

魏瀾眸光一暗，臉色變化細微，微揚起的唇角趨於一條平線，再開口時，嗓音如薄冰般清冷。「Eliana，抱歉，我失約了。」

無法親眼見到魏瀾的表情，這讓 Eliana 感到有些遺憾，但這不打緊，她拿著蕭黎暄的手機，愉悅地繼續說道：「沒事，聽起來您沒什麼大礙，那麼，我有個不請之請——」

此句落下，無論是人在 Eliana 對面的蕭黎暄，抑或是話筒另端的魏瀾，兩人皆是一愣。

蕭黎暄瞪圓雙眼，直直地看著對面的 Eliana，儘管兩人已認識近十年，她仍猜不透 Eliana

到底都在想些什麼！

「——我們能去魏總家的咖啡莊園參觀嗎？」

「啊？」

這聲驚呼來自蕭黎暄，明豔的面容上盡是錯愕，她不知道該驚訝起魏瀾家有座莊園，還是人在英國的 Eliana 怎麼會知道？

魏瀾隱約聽到了蕭黎暄的聲音，她抿了下唇，淡淡道：『當然，這是我的榮幸。我們家的莊園本來就有對外開放，歡迎。』

聞言，Eliana 彎彎唇角，又問道：「那麼，會館有沒有空房呢？這樣太打擾到您嗎？」

魏瀾頓了下，其實她並不知道莊園實際的營運狀況，但既然對象是 Eliana，而且聽起來蕭黎暄也會一同前來，那麼……

『若您要來，我自然會請人整理好兩間空房——』

「不。」Eliana 的嗓音含著絲絲笑意，一字一句說得緩慢而清晰。「我們一間房就夠了。」

魏瀾臉色一凝，微微瞇起了眼，悶不吭聲，胸口有異樣的情緒在翻湧。默了會，魏瀾才說道：『好，我知道了，我會交代下去的。』

按下結束通話鍵後，蕭黎暄站起身，一把奪過手機，忿忿地看著 Eliana，語調揚高幾分說道：「妳瘋了吧？妳認真的嗎？我們真的要去嗎？」

面對怒氣騰騰的蕭黎暄，Eliana 伸個懶腰，打個哈欠，身子向後陷進沙發中，雙腿交疊。

「暄，妳記得我為什麼要來台灣嗎？」

胸腔的怒火，被一句話輕易地澆熄了。

Eliana 眼含笑意，望向蕭黎暄，輕道：「我想去很多地方，但礙於我的身分，我不能輕易露面，這樣會帶給妳困擾——妳原本安排的行程都很棒，但沒有一個地方我可以去。」

「我……」

Eliana 的存在太過自然，幾乎融入了蕭黎暄的生活中，讓她一度忘了，Eliana 來台灣是來遊山玩水、放鬆身心，之後便要回英國全心投入下一張專輯的製作。

這是 Eliana 寶貴的休息空檔，確實，是蕭黎暄疏忽了她的感受。

眉目間染上一絲歉意，蕭黎暄欲說些什麼，卻被 Eliana 搶先道：「不過，我想去的主要目的，還是想看妳跟魏瀾鬥嘴。」

「……Eliana！」

這邊氣氛和樂融融，另一處的魏瀾周身卻瀰漫低氣壓。

在結束與 Eliana 的通話之後，魏瀾將手機隨意扔到床上，還真希望手機送修一個月，那麼，今日她便不會接到 Eliana 的電話。

本來，魏瀾只是抱持著有趣的心態傳了那則訊息，沒想到 Eliana 會直接來這一招，打亂了魏瀾的計畫。

魏瀾瞥了眼手機，想著近日的自己運勢實在不太好。原本，魏瀾是想藉機讓蕭黎暄鬆口，告訴自己，這私人號碼蕭黎暄當初到底是怎麼知道的……

現在可好了，想知道的事情不但沒有如願得知，反而來招惹了 Eliana，魏瀾感到有些頭疼。

似乎，事情只要與蕭黎暄扯上，魏瀾便會感到棘手不已。魏瀾走出房間，想起這些年來的自己是那般爭強好勝，在會議桌上無論對面坐著誰，魏瀾從未感到害怕，也不曾退縮過。她向外征途無數，帶領公司往前走，雖不能說是所向披靡，但每每總能有所斬獲。

唯獨碰上蕭黎暄，無論是公事，抑或是私事，總難稱心如意。

蕭黎暄在魏瀾眼中，便是這樣既礙眼又敬佩的存在。

本來，這樣的日子應該一直持續下去的……一想到蕭黎暄辭去俐奧執行長一職後，便馬上跟 Eliana 鬼混的樣子，魏瀾便感到煩躁不已。

但，她是魏瀾，是艾偌的總經理，便不能為所欲為。

魏瀾走出房間，連絡上莊園管家，簡單交代了前因後果後，便讓管家去聯繫 Eliana，以及為兩人安排房間。

在掛斷前，魏家管家忽道：『對了，趙小姐這兩日會過來莊園批貨，屆時她抵達後，需要跟您說一聲嗎？』

「趙綺？」

魏瀾這才想起趙綺從創業開店至今，仍堅持自己親自來撿貨與批貨，只是過去魏瀾鮮少在莊園待上這麼長的一段時間，自然總與趙綺擦肩而過。

難得她人在莊園，且趙綺剛好來批貨，沒道理不見上一面，於是魏瀾便請管家留心。

魏瀾環視這座山園，回老家的本意應該是要休息靜養，怎麼感覺比去公司還累人呢……

但那時的魏瀾並不知道，真正讓人心累的事情，全都在後頭。

◆◆◆

趙綺見到魏瀾時，第一眼注意到魏瀾右手前臂的石膏，冷不防地說道：「我可以在石膏上簽名嗎？」

「……」

魏瀾一語不發，微微瞇起眼，趙綺作勢抖了抖身子，一邊忍笑一邊接近魏瀾，在魏瀾無奈的視線下，拿出奇異筆，在石膏上留下了率性的簽名。

趙綺一邊看著自己的「傑作」，一邊問道：「不過，看妳身上沒其他傷勢，應該不太嚴重？」

魏瀾收回手，冷淡道：「要不是很快就會拆了，我會同意？」

趙綺哈哈大笑幾聲，跟著魏瀾走進莊園。前往豆園路上，魏瀾說道：「不過，我沒想到妳直到現在仍親自來批貨。」

聞言，趙綺笑了幾聲，看看這座美麗壯闊的莊園，彷彿想起創業初期，一面回憶一面道：「每次來到這，我就想起剛創業時受到許多幫助的自己……有時候我覺得自己走得太快了，會忘記自己為了什麼而前進，但回到這，我就可以想起來了。」

話鋒一轉，趙綺將話題拉回魏瀾身上，問起了魏瀾的近況。魏瀾看了眼自己的石膏，不置可否地聳了聳肩，兩人有一句沒一句地閒聊著。

魏瀾不懂咖啡，更不懂咖啡豆，無法明白趙綺為什麼能在見到那堆咖啡豆的瞬間神情一亮，與莊園內的烘豆師相談甚歡。

在魏瀾眼裡，那些便是香氣馥郁的褐色豆子，看不出各個麻布袋間有什麼差異，可有件事，魏瀾隱約覺得自己能夠了解。

趙綺說，有時會忘了為了什麼而前進，魏瀾覺得，自己似乎也是如此。

「魏瀾。」

聞聲，魏瀾回神，見到莊園管家朝自己走來，並壓低聲音說道：「Eliana 快到了。」

魏瀾輕嗯一聲，與趙綺打聲招呼後，便隨著管家坐上遊園車，一路駛至會館門口，迎接賓客。

魏瀾很少關心時尚產業以外的事情，包括自家的莊園與度假會館，都不在魏瀾關心的範疇內，所以當魏瀾與蕭黎暄同時抵達會館時，兩人的訝異程度是相似的。

「……什麼會館，根本是私人宅院等級吧？」

這是蕭黎暄在下車後，一見到眼前的建築物時，說出的第一句話。

記得在行前，蕭黎暄與表哥蕭旭昇曾閒聊幾句，當時蕭旭昇一知道蕭黎暄要去那座會館下榻時，興奮地說道：「妳知道那間會館的建造有多厲害嗎？那已經不是普通的奢華旅館，那是藝術品啊！是藝術品！」

蕭黎暄無語地看著不知道比自己雀躍幾倍的蕭旭昇，一副要去會館的人不是自己，是蕭旭昇似的。

在兩人分開前，蕭旭昇再三拜託蕭黎暄一定要拍會館的開箱照，蕭黎暄本來不願意，無奈拗不過建築狂熱的表哥，最後勉為其難地答應了。

蕭黎暄覺得，當下自己要是不答應，可能真走不出餐廳。

想起了蕭旭昇，蕭黎暄嘆口氣，被委以重任的她拿出手機，體驗一回 Youtuber 的拍攝日常。

蕭黎暄對攝影自然毫無興趣，即便掌中的手機是最新的 iPhone，擁有相當強大的拍照功能，蕭黎暄也未曾深究過。

可當那小小的鏡頭中，驀然出現一抹熟悉的人影時，本來漫不經心的手持攝錄，忽然定格。

蕭黎暄有雙漂亮修長的手。

那雙手，簽訂過無數合約、草擬過各式計畫，在過去每一張公司報表上都曾寫下龍飛鳳舞的簽名，無論是哪一種情況，這雙手，都不曾顫抖過。

可此刻，為了捕捉那一瞬間的光影、那眨眼即逝的對望，霎時，蕭黎暄微顫抖著手，按下了快門鍵。

掌中手機不過幾寸，那一人的身影，無論所到何處，便是一處美好風景，占據了整個方框。

而蕭黎暄的視線，也不自覺落於魏瀾右手前臂上的石膏。

「Eliana、蕭小姐，歡迎。」

管家走上前，後方幾位年輕的侍者也跟著老管家一同迎接 Eliana 與蕭黎暄，這陣仗並不小，Eliana 摘下了墨鏡，視線逡巡一圈，彎了彎唇角。

「謝謝，你們太客氣了。」Eliana 說。

那雙迷人的淺灰色眼瞳注視著每一個人，幾位資歷尚淺的侍者不是紅了臉，便是別開眼，無不歡迎這位英國巨星的到來，同時，一道道好奇的視線便落到了蕭黎暄身上。

傳聞說，Eliana 與蕭黎暄互動親密，兩人有不可告人的關係，且 Eliana 面對媒體的訪問，也不曾嚴正否認過兩人的關係。

還是，其實是真的？

這個疑問存於在場每個人的心中，但無人膽敢提問，而 Eliana 面對一雙雙好奇的眼睛，不但不惱，反而有點享受。

可魏瀾可沒辦法像 Eliana 如此那般享受其中，她冷下臉，語氣如薄冰般冷寒。

「愣在這幹什麼？還不趕緊讓貴賓進房。」

一道冷語如冰雹驟降，幾位年輕的侍者拉著兩人行李廂躲到了一旁，惟老管家微微欠身，笑容和藹，對著 Eliana 笑道：「請跟我來。」

提步離開前，Eliana 看了眼魏瀾，唇角微揚，那弧度完美得無懈可擊，彷彿是在調笑似的，魏瀾壓了壓唇角，抿成一條線。

在魏瀾的注目下，Eliana 自然地挽上蕭黎暄的手臂，頭微微地傾靠蕭黎暄，兩人有說有笑，那緊挨著的背影，惹來旁人的低呼聲。

若沒有自己在這，魏瀾相信，身後那些年輕妹妹們大概會直皆興奮地猜測 Eliana 與蕭黎暄之間的關係。

思及此，魏瀾回頭，朝著站在會館門口兩側的侍者們，淡淡落了一句話，隨即跟了上去。

「她們只是朋友。」

也只能是朋友。

魏瀾突如其來的一句話，令在場幾人面面相覷，魏瀾並沒有多加解釋，逕自跟上前方三人。

走在前方的蕭黎暄自然不知道身後的小插曲，她一心欣賞這大得不可思議的會館，忽然明白為什麼當蕭旭昇聽到自己要來這時，會那般訝異。

這樣的景致，確實值得讓人感到訝異。

蕭黎暄自認自己住過的飯店並不少，過去時常入住各式高級酒店，但像這般彷彿擁有私人會館的體驗，倒是第一次。

蕭黎暄看了眼 Eliana，見到 Eliana 臉上興奮的神情，她不禁感到一陣欣慰。

還好有來這趟，蕭黎暄想。

Eliana 過不久便要回到英國，若沒能在台灣留下任何的美好回憶，那麼蕭黎暄會感到很遺憾的……

「我們到了，就是這棟。」

蕭黎暄與 Eliana 同時仰望眼前的日式建築，再一次確認了老管家的說法。

「您說，這一『棟』嗎？」Eliana 不可置信地確認道。

「是的。」老管家波瀾不經地繼續解釋道：「魏總經理特別吩咐過，要給予貴客『最好』的待遇。」

老管家的視線，掠過了 Eliana 與蕭黎暄，直落到後方的魏瀾身上，一副眼觀鼻，鼻觀心的模樣，而 Eliana 在第一時間意會過來，魏瀾這是什麼意思。

被打壞算盤的 Eliana 咬咬牙，擠出了笑容，扭頭對魏瀾笑道：「還真是謝謝您啊，魏總，說什麼一間房呢？直接給了一整棟呢。」

魏瀾站定於兩人面前，淡淡地接下了 Eliana 的嘲諷，順著話說道：「不客氣，這一棟有很多張床，一人一張，不擁擠。」

Eliana 在內心翻了白眼，本來以為終於有機會能正大光明地與蕭黎暄同床，這下不是跟在家住沒差別嗎！

兩人的視線在空中交會，激起陣陣火花，蕭黎暄沒看明白，只是目光不由自主地停在魏瀾手上的石膏。

魏瀾說話時，偶有手部動作，這習慣並未因為傷勢而消失，也因為那細微的擺動，讓蕭黎暄見到了石膏上的字跡。

有個人，在魏瀾手上的石膏上簽了名。純白的石膏上，只有一個人留下了痕跡。

這代表，在魏瀾回老家休養的期間，曾有人來探望過。那個人肯定與魏瀾交情不錯，不然魏瀾是不可能讓對方如此放肆。

但是，是怎麼樣的人呢？又是誰呢？

一想到有人比自己更接近魏瀾，蕭黎暄的胸口便泛起一陣酸澀。她能來到這，還是因為有 Eliana，若沒有 Eliana 的「自作主張」，恐怕自己壓根沒機會見到魏瀾。

無論是過去，抑或是現在，魏瀾總在彷彿觸手可及的地方，可偏偏怎麼也摸不著……

「魏瀾，我想到我忘記給妳這瓶酒——咦？」

在莊園四處悠晃尋找魏瀾身影的趙綺，在莊園員工的指引下，她總算找到了魏瀾，卻也見到了蕭黎暄與……

「……Eliana？本人嗎？真的是本尊嗎？」趙綺不可置信地說道。

一手持酒，一手提咖啡豆的趙綺，愣愣地看著眼前三人微妙的組合，再看看一臉事不關己的老管家，趙綺忽然懂先前與老管家聯絡時，對方的弦外之音。

一向自來熟的 Eliana 並不介意被陌生人打擾，況且這人手上拿著英國金酒，Eliana 不知道該如何拒絕這位訪客。

Eliana 主動上前攀談幾句，再看看趙綺手上的金酒，想了下，眼裡閃爍有趣的光芒。

「要不，妳要不要一起住？妳的酒也一起留下。」Eliana 說。

「……啊？」

趙綺傻在原地，腦海一片空白。

◆◆◆

「我不同意。」

在彼此面面相覷中，是魏瀾先發了話，主動站到趙綺面前，擋在二人中間，挺直背脊，傲然面對 Eliana，微微瞇起眼。

Eliana 微抬眉梢，淺灰眼眸泛起絲絲笑意，偏了頭，望向魏瀾身後的趙綺，唇角微彎。

「妳不樂意？」

「呃……」

莫名被護在身後的趙綺，瞅了眼魏瀾的側臉，那表情可不好看，可以說是相當嚇人，本來已到舌尖的應允，趙綺硬生生嚥下，陷入了天人交戰。

沒有人會拒絕國際巨星的邀約，何況這人還是 Eliana！錯過這次恐怕沒有下次，趙綺雖感遺憾，但看到魏瀾面上滿布的霜雪，趙綺內心喟嘆一聲，趕走了心裡的小惡魔，雙唇微啟道：「可能不方——」

「那就都一起留下來好了。」

趙綺那句「方便」二字尚未說出口，蕭黎暄先奪了話，趙綺噤聲，雙目圓睜，怔怔地看向蕭黎暄，忍不住笑了出來。

她怎麼不知道蕭黎暄是這麼瘋的人？

倘若蕭黎暄真是如此不按牌理出牌的人，大學時就不該那樣忍讓……趙綺是魏瀾的大學同學，自然也聽聞過「蕭黎暄」這個小學妹。

當時，在所有人都認為魏瀾與葉靖陽兩人是天作之合時，只有趙綺抱持著存疑的態度。

並不是趙綺認為兩人不般配，而是，趙綺不明白，為什麼會是葉靖陽捷足先登？

趙綺一直以為，會對魏瀾先做出行動的人，應該是蕭黎暄——然而幾年過去，魏瀾與葉靖陽分了手，而蕭黎暄隨著魏瀾踏進時尚產業，兩人從學姐學妹的關係，演變為水火不容的敵手關係。

直至今日，蕭黎暄離開了俐奧，趙綺便認為，也許兩人緣分已盡，這麼多年了，蕭黎暄也該變心了。

可看看蕭黎暄這反應，讓趙綺有種恍然置身於大學的錯覺，她總是在旁觀察這個小學妹，那樣好強、那樣不服輸，亦步亦趨地成為魏瀾的直屬學妹，可兩人仍是那樣不清不淡的關係。

再後來，魏瀾與葉靖陽交往了，趙綺親眼見到那在系學會辦公室裡，有個人正在辦公椅上，看著魏瀾放在沙發上的外套發呆。

那個眼神，盡是悲傷。

之所以悲傷，是因為喜歡吧。

趙綺不認為是自己多心了，只是魏瀾始終是朵高嶺之花，既然那人無意登高摘採，那麼趙綺是不會做出無謂的鼓勵。

幾年後，真沒想到蕭黎暄看著魏瀾的目光，竟一如往昔，既然如此……

「我覺得這提議沒什麼不行。」

在魏瀾發怒之前，趙綺首先舉起雙手，狀似無辜地說道：「感覺這會館還挺大，肯定足夠四個人住，這樣的話，不住白不住。」

「趙綺……」

魏瀾咬了咬牙，她沒想到趙綺會倒戈，導致局面變成一對三——不是退出，便是接受，而魏瀾不想退。

見四人似乎達成協議，老管家立刻吩咐房務組準備魏瀾與趙綺的梳洗用品與晚餐事宜，一面道：「請各位好好享受，有任何吩咐儘管聯絡櫃檯。」

話落，老管家的視線落到趙綺身上，兩人對視一眼，老管家若有似無地一笑，欠身離開。

老管家前腳一走，身為亂源源頭的 Eliana 沒打算停歇，主動挽起趙綺，熱情又親切地搭聊，這般友好的行為，讓趙綺有些暈頭轉向。

她真是一輩子都不曾想過，有一天只在報章雜誌上見過的名人，會出現在自己面前，甚至像是一般朋友勾手聊天，趙綺不認為自己是內向害羞的人，但一時間實在無法消化，話題節奏全被 Eliana 給拉走。

Eliana 與趙綺聊得相當歡快，逕自走在前頭，蕭黎暄與魏瀾自然被落在後邊。蕭黎暄瞪了眼 Eliana 的背影，這個見色忘友的女人！

一見到趙綺，蕭黎暄便覺得不妙，再看看 Eliana 兩眼發直的模樣，她便知道這下完蛋了……

記得 Eliana 曾一邊玩著她的髮尾，一邊半玩笑半認真地這麼說過——

『暄，妳什麼都好，可惜是長頭髮。』

蕭黎暄記得自己那時翻了個白眼，回想了下兩人認識的這些年來，Eliana 交往過三任女友，每一個都是短髮；而蕭黎暄也記得，自己高中時正是短頭髮，上大學後才開始留長……大學？

蕭黎暄猛然想起趙綺是何人，轉頭對著魏瀾問道：「那是，趙學姐嗎？」

聞言，魏瀾睨了眼蕭黎暄，正處於被人倒戈而相當不悅的她冷冷回道：「看不出來嗎？」

蕭黎暄翻個白眼，再次懷疑起自己的眼光是不是很糟？怎麼就喜歡這麼一個個性奇差無比的魏瀾。

但是，一看到魏瀾手上的石膏，那點怨氣便煙消雲散，蕭黎暄瞅了眼石膏，面上裝得雲淡風輕，淡淡說道：「妳終於被人蓋布袋給打殘了？」

魏瀾皺眉，看了眼自己手上的石膏，頓時覺得自己在蕭黎暄面前矮她一截，而魏瀾並不喜歡這種處於弱勢的狀態，不自覺地挺直背脊，冷硬道：「出車禍只廢了一隻手，還真是抱歉喔。」

聽到「車禍」二字，蕭黎暄胸口一涼，想好的懟詞一句話也說不上，也不知道怎麼問來由，更不想表現出自己的心急如焚，於是，蕭黎暄選擇沉默。

逃避可恥，但有用。

提起車禍，魏瀾恍然地想起車禍的瞬間，自己腦海中浮現的人，是蕭黎暄。

位居高位的她，常要面對無常聚散。員工來來去去、合作對象變換無數，在職場上，沒有什麼是真正長久的，但是，魏瀾無法否認自己曾隱隱期盼，與蕭黎暄的競爭會永遠持續下去。

但是，事與願違，蕭黎暄先離開俐奧了。

魏瀾以為贏過蕭黎暄是自己的宿願，可當蕭黎暄真離開後，魏瀾卻無法打從心底地感到高興。

在車禍當下，魏瀾想起蕭黎暄，想起大學至今的種種，她無法不感到遺憾，但到底是為什麼而遺憾，魏瀾想不明白。

兩人一路沉默，直到要隨著 Eliana 走進屋裡時，蕭黎暄的手機忽地鈴聲大作，蕭黎暄從包包裡掏出手機一看，臉色一變，強裝鎮定地拿著手機，走到遠處。

魏瀾並未馬上進屋，而是站在原地，凝睇蕭黎暄的背影，目光森冷。

她沒有錯過蕭黎暄的臉色劇變，以及，螢幕上的來電顯示。

那是葉靖陽。

◆◆◆

那通意料之外的電話，並未耽擱蕭黎暄許久，不過半晌她便掛上電話，走進屋內。

蕭黎暄一走進屋裡，便聽到二樓傳來陣陣驚呼聲，與 Eliana 歡快的腳步聲。

雖然這趟莊園行有許多意料之外的插曲，但只要 Eliana 開心，蕭黎暄便覺得值得了。

喀啦。

轉動門把的聲響吸引了蕭黎暄的注意，她往聲源望去，與走出廁間的魏瀾對上了眼。

不過一眼，便讓蕭黎暄心一顫。

每每回想起大學時期的日子，蕭黎暄總覺得自己改變許多，尤其是面對魏瀾，不再是仰望，也不是凝望背影，而是站在魏瀾面對，昂首以對。

可在某些時候，總會被打回原形——例如，此刻。

那雙幽深黑眸霜雪滿布，不過一眼便不禁讓人打個冷顫，蕭黎暄故作鎮定迎上那目光，神情無懼，毫無怯意。

儘管面上泰然自若，可只有蕭黎暄自己知道，其實她是心虛的，不敢細想魏瀾此刻的冷淡面色，是一如既往，還是……別有他意？

魏瀾一向冷然如霜，無論是大學時期，抑或是投身職場之後，總是淡漠示人，儘管如此，愛慕魏瀾的追求者從未少過，總是前仆後繼而來，蕭黎暄全看在眼裡。

蕭黎暄曾以為，魏瀾永遠不會看上其中一人，可最後，卻是葉靖陽走到魏瀾身邊。

蕭黎暄想過放棄的，可怎麼也放棄不了。

每次萌生放棄之意，只要迎上這雙眼眸，蕭黎暄知道，無論身處何處，她終歸會走回這。

「……兩位，妳們這是在演《羅密歐與茱麗葉》嗎？別傻站在那深情對望，上來看看啊。」

Eliana 的嗓音從樓梯上方傳來，蕭黎暄與魏瀾同時別開眼，蕭黎率先邁開腳步，朝 Eliana 走去。

魏瀾望向蕭黎暄，見到蕭黎暄與 Eliana 拌嘴笑鬧的模樣，胸口堵得發慌，卻無處宣洩。

蕭黎暄實在讓人煩心不已。

無論是 Eliana，抑或是葉靖陽，總是如雜訊般干擾自己的思緒，可最讓人無所適從的，仍是蕭黎暄。

蕭黎暄先一步上樓，而魏瀾在後，環視一樓的景色與屋內擺設，無論是屋外造景抑或是屋內設施與設計，一切可圈可點，毫無可挑剔之處，只可惜自己無心欣賞。

魏瀾一踏上二樓，便與站在窗邊的趙綺對上眼，趙綺看了看二樓的景致，對著魏瀾說道：「老實說，我比較喜歡二樓，不過妳應該想睡一樓吧？魏瀾。」

魏瀾欲答，一旁的 Eliana 搶先一步說道：「我也喜歡二樓！要不一起睡？」

聞言，趙綺與魏瀾皆是一愣，蕭黎暄瞪向 Eliana，擰了把對方的腰間，忿忿道：「不要鬧了！妳們才認識幾個小時就要睡同張床？妳要嚇死人家嗎？」

Eliana 哀號一聲，無辜地看著蕭黎暄，可憐兮兮地說道：「但是她有酒啊！而且我覺得她挺有趣的……」

Eliana 一面說，一面望向趙綺，再看看魏瀾打上石膏的那隻手，擺擺手說道：「不過算了，『魏家千金』需要別人照顧，我就不搶了。」

趙綺低呼一聲，真心佩服 Eliana 的膽識，竟敢捋魏瀾的毛，真的是不怕死……魏瀾面色鐵青，咬咬牙，冷冷道：「我不需要別人幫忙，妳們三個都給我睡二樓，誰都不准下來我這。」

話落，魏瀾轉身逕自走下樓，留下三人在原地。見狀，蕭黎暄瞪向 Eliana，自知有錯的 Eliana 眨眨眼，走到蕭黎暄身後，將蕭黎暄推向樓梯口一邊道：「抱歉抱歉，那妳就代替我去向魏瀾道歉？」

蕭黎暄翻個白眼，要不是她深知 Eliana 隨興的性子，再加上 Eliana 待在台灣的時間剩無幾日，她才不會插手其中。

思及此，蕭黎暄嘆口氣，走下樓。在蕭黎暄下樓後，趙綺看向 Eliana，見到那似笑非笑的神情，想了一圈，直問道：「新聞中說的是真的嗎？關於妳跟蕭黎暄的事。」

聞言，Eliana 眉梢微抬，對趙綺的直言不但不感到冒犯，反而覺得有趣萬分，笑道：「妳認為呢？」

趙綺想到過去在社群媒體上見過的報導與討論貼文，再看看這幾小時中兩人的互動，便說道：「不完全是假的吧？」

Eliana 輕笑幾聲，她喜歡這個回答，邊望向樓梯口。不完全是假的——意味著部分為真，而真實的那部分，只有 Eliana 單方面而已。

Eliana 知道，蕭黎暄也知道，但魏瀾不知道。

魏瀾盡可能地忽略身後由遠而近的腳步聲，專心於平板上，而蕭黎暄在下樓後一眼見到屏風之後，那位於面窗邊角的沙發上，魏瀾正坐在那。

蕭黎暄方走近，便感覺到魏瀾周身散發的寒氣，足以逼退他人，但作為與魏瀾競爭幾年的敵手，蕭黎暄無視冰霜寒氣，逕自走了過去。

「喂，魏瀾。」

蕭黎暄站定於魏瀾身側，視線自上而下，想到 Eliana 方才的挑釁，輕吁口氣，語氣放軟道：「Eliana 沒惡意，她個性本來就那樣……」

蕭黎暄有種自己是幼稚園家長的錯覺，也間接體會了把 Eliana 經紀人的辛酸，要是有機會見到經紀人，她肯定替 Eliana 好好謝謝對方……

「蕭黎暄。」

蕭黎暄回神，便見到魏瀾闔上平板，抬起頭，視線自下而上，直直地望進自己眼裡。

「妳以什麼身分來問我的？Eliana 為什麼不自己來找我？」

蕭黎暄眉梢微抬，不置可否地瞅著魏瀾，坐到沙發的另一側，雙手抱臂於胸前，淡淡道：「Eliana 在台灣的期間，我都得負起責任——這是我的待客之道，妳有意見嗎？」

魏瀾抿了下唇，這話倒是說得合情合理，挑不出毛病，可魏瀾就是感到有些鬱悶。

見魏瀾不答，蕭黎暄的視線落於魏瀾手上的石膏，實在無法不去在意，便問道：「換我問了，妳怎麼出車禍的？」

本來，蕭黎暄以為魏瀾大概又會反唇相譏，把自己給氣得七竅生煙，然而魏瀾卻如實以告，表示開快車與重機騎士發生擦撞。

魏瀾意料之外的坦承，反倒讓蕭黎暄有些無所適從，但魏瀾不打算給蕭黎暄反應的時間，直道：「那麼，換我問了——」

魏瀾身子向後，陷入了柔軟的沙發中，雙手環胸，直直地看著蕭黎暄，問道：「妳跟葉靖陽是什麼關係？」

蕭黎暄一怔。

葉靖陽……這麼多年了，竟然在這時候從魏瀾口中聽到這問題，蕭黎暄不禁想笑，而她也真的笑出聲了。

魏瀾皺眉，很快地聽到蕭黎暄繼續說道：「在回答這問題之前……」

忽地，蕭黎暄彎下腰，與魏瀾平視，直直地看進魏瀾眼裡，兩人的唇近在咫尺，只要一個低頭、一個仰頭，便能碰著……

「妳是以什麼身分問陽的呢？魏總，是葉靖陽的上司，還是……女朋友呢？」

魏瀾微愣。

◆◆◆

「……女朋友？」

魏瀾微皺眉，不置可否地說道：「我們沒復合——」頓了下，她接著說道：「大概也不會復合了。」

沒理由在一起了。

當初只有魏瀾與葉靖陽知道，兩人最初不過是因為一個賭約，所以才會進一步交往，能就那樣在一起三年，已經超乎了魏瀾的期待。

魏瀾真的以為，兩人在大學畢業後的半年內，一定會分開，然而事實上，一個不提分手、一個毫不在意，就這樣蹉跎了三年。

直至葉靖陽要出國深造，魏瀾才爽快地提出了分手，甚至隨口說了句話。

那時，葉靖陽在聽到那句話時露出的神情，至今魏瀾仍記得……

得到意料之外的回答，蕭黎喧怔忡，震驚之中不知道該做出什麼反應，可無法否認的是，她的心裡是歡喜的。

自從葉靖陽歸國，出現於魏瀾的四周後，蕭黎喧便感到心煩不已，可她又無能為力。她以為這一次，自己又只能眼睜睜地看著魏瀾走回葉靖陽的身邊時，卻聽到魏瀾的親口否認。

蕭黎喧笑了。

那個笑容，令魏瀾怔然不已。

忽地，魏瀾想起前些日子到C&R找趙綺時，對話之末，是魏瀾提出質疑時，趙綺這麼反問自己——

『妳何不親自問問看蕭黎喧呢？』

那時的魏瀾並未正面給趙綺答覆，而是轉移的話題，可當時的問句，仍舊在魏瀾心上盤旋。

「蕭黎喧。」

「嗯？」

蕭黎暄疑惑地看著魏瀾，見到那涼薄的面上，難得有疑色，默了會，魏瀾才接著問道：「妳跟 Eliana……」

叮咚。

那陣門鈴聲吸引了兩人注意，蕭黎暄瞅了眼魏瀾，主動走向門口，同時，二樓的趙綺與 Eliana 也下了樓。

蕭黎暄打開門，便見到老管家開著小型接駁車，這麼說道：「我來接各位到餐廳用餐了。」

話落，蕭黎暄這才想起在先前訂房時，老管家似乎確實說過晚餐會由館方人員開接駁車親自到別墅接送，不過沒想到會是老管家親自來接送。

四人拿著各自的貴重物品後，便隨著老管家上車，前往餐廳享用晚餐。

或許是這四人的組合太過新奇又微妙，自從踏入餐廳之後，蕭黎暄便感覺到四周的視線，這令她感到有些不自在，下意識挨近 Eliana。

見狀，Eliana 失笑，不禁揶揄道：「暄，還好妳的工作是ＣＥＯ，不是演藝人員啊。」

聞言，蕭黎暄瞪了 Eliana 一眼，絲毫未覺自己愈是靠近 Eliana，旁人猜想愈是旖旎。魏瀾與趙綺走在後面，與前方保持一定距離，這時，趙綺湊近魏瀾，低聲道：「妳們剛剛在會館沒有打起來吧？」

魏瀾翻個白眼，冷笑了聲，淡淡道：「妳認為呢？」

感覺到生命受到威脅的趙綺抖了下，聽到魏瀾又說道：「不過……蕭黎暄認出妳了。」

聞言，趙綺微愣，不禁看向蕭黎暄，側臉若有所思，魏瀾欲開口問，先聽到不遠處傳來熟悉的嗓音，如此喊道：「是小暄啊？好久不見。」

聞聲，現場所有工作人員無不繃緊神經，畢恭畢敬地迎接這位相當神祕的大老闆，然而這位面色和藹，掛著淡淡微笑的爺爺，魏瀾絕對不陌生，甚至是，過分熟悉。

「你怎麼會來？」魏瀾問。

聽到自家孫女的問句，魏濂卿瞥了眼魏瀾，一句不答，改看向蕭黎暄，親切道：「最近好嗎？妳很久沒有來看爺爺了。」

魏瀾看向蕭黎暄，她怎麼不知道她的親爺爺與蕭黎暄私下有交情？而蕭黎暄雖然內心慌張，但面上仍強裝鎮定，笑著打了聲招呼。

魏濂卿掃了眼在座其他三人，再看向老管家，淺淺一笑，便隨著經理走進後方包廂。

魏濂卿走後，坐在蕭黎暄對面的魏瀾眉梢微抬，質疑的目光落到蕭黎暄身上，蕭黎暄刻意迴避了她的視線，側頭與 Eliana 歡快地聊起天，直接將魏瀾視為空氣。

魏瀾瞇了瞇眼，若不是這時前菜恰巧送上，她肯定不顧禮節，要蕭黎暄立刻給自己一個答案。

而處於暴風圈中的趙綺與 Eliana，有著截然不同的反應——一個如坐針氈，一個泰然自若，像處於赤道與北極那般，一桌相隔，四人心思迥異。

晚餐是無菜單的日本料理，身在英國鮮少吃到日式料理 Eliana，連連稱讚今晚菜色，她吃得非常滿意，而她身旁的蕭黎暄則是吃得相當消化不良。

蕭黎暄一直能感覺到對面投來的視線，也知道方才與魏濂卿短短幾分鐘的接觸，肯定讓魏瀾起了疑心。

蕭黎暄實在不知道怎麼解釋，也是不想跟魏瀾解釋……蕭黎暄雖然想過魏濂卿既然身為魏瀾的親爺爺，那應該也不會是個普通人，可她從未想過，原來魏濂卿的背景如此雄厚。

對於魏瀾、對於魏家的一切，蕭黎暄發現自己的認知終究是太過疏淺了。

一頓飯吃下來，顯然只有 Eliana 享受其中，直至離開餐廳後，Eliana 仍在稱讚這日料的師傅手藝極好，以後來台還要再訪。

在四人欲上車時，魏瀾立刻搶坐到蕭黎暄身旁的空位，被擠到一旁的 Eliana 眉梢微抬，她也不惱，自然地挽起趙綺的手，坐到了中間空位。

最後兩位，便是蕭黎暄與魏瀾。

倘若是平常，蕭黎暄肯定會與魏瀾互懟整路，但此刻心無底氣的蕭黎暄，只是默默挨在最旁邊，別過頭，不願意對上魏瀾的視線。

魏瀾瞇了瞇眼，更加確信蕭黎暄肯定與魏濂卿有交情，只是……到底是怎麼回事？魏瀾想不明白。

在這接駁車上，如坐針氈的人，不只有蕭黎喧，還有趙綺。雖然能與國際巨星 Eliana 如好友一般相處，這令她感到狂喜不已，但另一方面得承受身後二人的愛恨糾葛，也讓趙綺真心感到心累。

她早該聽出老管家在電話中那句話的意思——

『趙小姐，我知道妳是真心把魏瀾當朋友，希望妳可以繼續照顧她、幫助她。』

當下趙綺以為老管家只是噓寒問暖，於是應諾幾句，可沒想到老管家的話外之音是指這個！

早知道就擇日再來了！趙綺實在後悔不已，但如今人在這裡了，不如就當作是做善事，推一把好了。

當四人從接駁車依序下車後，趙綺首先對 Eliana 說道：「妳介意跟我一起睡二樓嗎？」

Eliana 眼眸一亮，眼裡閃爍有趣的光芒，不假思索地說道：「當然不介意囉。」

「啊？」

這聲「啊」發自於蕭黎喧。在她進屋後，眼看趙綺與 Eliana 就往二樓走，蕭黎喧頗有被拋棄的既視感，咬咬牙，就要跟上去時，忽然被叫住。

「蕭黎喧，不准走。」

蕭黎喧雙肩一顫，正要無視魏瀾走上階梯時，聽到魏瀾在後悠悠說道：「我需要有人幫我脫衣服，妳來。」

「……」

蕭黎暄總覺得，自己好像不小心遇上了人生中最大的危機。

◆◆◆

蕭黎暄正坐在躺椅上懷疑自己的人生，到底哪裡出了問題。

落地窗的布簾已然拉上，床後的屏風擺放角度與其面積大小，剛好可以掩去二樓的視線，看似半開放的空間，實則頗有隱私巧思，倒是挺適合在這更衣。

「坐在那看什麼？過來。」

魏瀾甫將行李袋打開，轉過身，面對著蕭黎暄指著行李袋說道：「幫我。」

「……」

蕭黎暄不禁思考起臨陣脫逃的路線以及可能性，她默默移開眼，暗暗地在心裡念起心經。

蕭黎暄不是不願意幫忙，而是，不確定能不能這麼做。倘若今天她對魏瀾毫無情意，她大可直接了當地動手，可是，蕭黎暄很清楚，自己無法對魏瀾處之泰然。

更不願意自己因為同性的關係而占她便宜，儘管，魏瀾可能壓根不在意……也因為這份「不在意」，蕭黎暄感到更悶悶不樂。

魏瀾不在意，意味著，她並沒有把自己列入「範圍」之內，意識到這一點，蕭黎暄感到有些五味雜陳，不知道該開心還是該難過。

見蕭黎暄磨磨蹭蹭的樣子，魏瀾有些惱怒，瞇了瞇眼，聲音極冷。

「蕭黎暄，妳有這麼不願意？」

妳可以跟 Eliana 住在同個屋簷下，也可以在大庭廣眾之下跟人有說有笑，卻不願意靠近我？

魏瀾自然不懂蕭黎暄的心思，只見到她抗拒的臉色，心情頓時陰翳，原本那點興致也蕩然無存。

「也不是不願意……」

蕭黎暄輕嘆口氣，走到魏瀾行李袋旁，蹲下身，將裡面衣物一件件拿出並放到一旁，一邊遲疑地道：「我……我很笨手笨腳啦！等等妳的骨裂傷被我弄得更嚴重怎麼辦？」

魏瀾站到蕭黎暄身後，因為這荒謬的言論而笑了，語帶幾分嘲弄地說道：「喔？我都不知道蕭大執行長有雙貴手，碰不得東西。」

蕭黎暄翻個白眼，知道魏瀾是在調侃自己，她咬咬牙，站起身，猛然轉過身，逼近了魏瀾。

「魏瀾，妳到底懂不懂——」話已然到舌尖，蕭黎暄的理智卻硬生生地將話給吞下，轉而一聲嘆息。

「……算了，妳給我坐好。」

話落，蕭黎暄的雙手攀上魏瀾的肩膀，魏瀾的雙眼微微睜大，順著那力道往後退幾步，碰到了床，便這麼坐到了床沿邊。

柔軟的床鋪微微下沉幾分，蕭黎暄的呼吸也是。

蕭黎暄咬咬牙，面色凶狠且不耐煩，可動作卻異常地謹慎又輕柔。當蕭黎暄的手碰上魏瀾襯衫的第一顆釦子時，魏瀾的呼吸微微一凝。

蕭黎暄無比慶幸此時自己是站著，魏瀾是坐著，因而見不著自己漲紅的臉色。

當蕭黎暄挨近時，隱約有股淡香。

那股淡香似花香也似果香，清淡而不甜膩，宛若春風拂過，是款會讓人喜愛的香氛。

聞著這股淡香，魏瀾有些失神。

指尖輕巧地解開了小小的襟扣，順著衣料下移，摸上了第二顆。魏瀾的衣料極好，柔軟而貼身，能輕易感受到細微的摩擦，肌膚泛起了陣陣的痳癢。

當第二顆解開時，魏瀾微微地仰起頭，吞嚥了下口沫，她感覺到了蕭黎暄的停頓，以及，遲疑的指尖。

蕭黎暄告訴自己，這也沒什麼，不過是幫受傷的心上人更衣，對方還同為女性，對方有的自己也有，沒什麼好在意的……可她愈是這麼想，心跳愈是加快。

蕭黎暄的視線絲毫不敢下移，怕自己一個低眼，就會見到不該見到的畫面，到時會發生什麼，蕭黎暄不敢想。

「蕭黎暄，緊張什麼？」

魏瀾如薄冰般的冷涼嗓音喚回蕭黎暄的思緒，蕭黎暄這才再次意識到，緊張的，真的只有自己。

蕭黎暄抿了下唇，微彎下腰，視線落到後方的純白床鋪上，雙手往下，指尖探上第三顆襟扣，決定說話壯膽。

「急什麼？我願意幫妳換衣服就不錯了，妳還催——」

當第三顆也被解開時，蕭黎暄的手腕倏地被人握住，那人拽了下她的手腕，逼得她對上那雙沉黑的眼眸。

「我的身體很難看嗎？」

魏瀾的面色仍舊冷淡，蕭黎暄卻因為這話內心一震，可她不願服輸，甩開魏瀾的手，動作有些急了。

「我不知道，我沒看，我沒興趣！」

蕭黎暄語氣很狠，可卻低下了頭，雙目低垂，很快地將剩下幾顆鈕扣也給解了。縱然她已別開頭，但她餘光隱約可見那衣下胴體線條極美，膚色白皙如雪，上身便只剩下那寶藍色的胸罩。

聽到蕭黎暄那話，魏瀾不高興了，又想起 Eliana 那在舞台上耀眼奪目的身影，抿了抿唇，淡淡道：「那妳對什麼有興趣？英國女人？」

「哈？」

蕭黎暄猛地看向魏瀾，卻不小心見到了那近乎光裸的上身，蕭黎暄立刻移開視線，腦袋發熱，混亂不已。

蕭黎暄深吸口氣，告訴自己這樣的酷刑就要結束了，一邊彎下腰，指腹摸上了魏瀾的後背。

一體成型的寶藍色內衣，襯得魏瀾的膚色更加白皙清透。長年的健身習慣與對自己外貌的苛刻要求，令那後背曲線優美迷人，蕭黎暄看了一眼，又默默將視線落回床鋪上。

當蕭黎暄俯身彎腰時，長髮自然垂落，幾綹髮絲落於臉頰邊，魏瀾低下眼，以為會聽到蕭黎暄的反駁，可是，並沒有。

近乎光裸的上身能輕易感受到髮絲落於肌膚上的觸感，並隨著蕭黎暄手上動作而微微掃過肩膀與鎖骨處，泛起絲絲的癢。

當感覺胸罩背扣鬆開時，魏瀾的心尖顫了下，蕭黎暄脫下內衣的動作極快，指尖不小心擦過雪乳時，她的手立刻彈開，有些慌張地側過身。

蕭黎暄真的覺得自己要心臟病發了……為了避免魏瀾看出自己的異樣，蕭黎暄將胸罩隨手一放，就要藉故轉身離開時，手卻被人拉住。

「等等。」

魏瀾喊住她，拉著她的手，微仰起頭，看著蕭黎暄不知道在倔強什麼的側臉，她內心的聲音愈發地清晰。

「蕭黎暄，妳……要不要來艾偌？」

蕭黎暄一怔。

那本來有些慌張且侷促的臉色漸漸冷下，蕭黎暄的腦海中閃過無數畫面，最後，自嘲般的笑了幾聲。

「魏總，妳這樣戲弄我，看我驚慌失措的樣子，只是為了讓我去艾偌，當妳的下屬嗎？」

魏瀾一愣，正要解釋此話並非此意時，蕭黎暄拿開了她的手，冷硬道：「我不會去的，死也不會──更何況……」

當下句落下時，魏瀾彷若被人打入冰窟，直墜千呎──

「我很快就要去英國了。」

蕭黎暄如此說道。

Chapter 5

黑夜漫長。

在蕭黎暄走上樓時，本來相談甚歡的趙綺與 Eliana 同時停下，雙雙看向蕭黎暄，一見到那不甚好看的臉色，趙綺便知道樓下出事了。

趙綺主動站起身，向蕭黎暄點了下頭，又跟 Eliana 打聲招呼後便走下樓，走向已然穿戴整齊的魏瀾。

魏瀾正坐在床上面向落地窗發呆，在聽到身後腳步聲時回過神，轉過頭。

趙綺一見到魏瀾的臉色，再想想蕭黎暄的神情，便問道：「吵架了？」

魏瀾語氣極淡，聽上去看似漫不經心，淡淡道：「也不是。」

不過三個字，趙綺便聽出了壓抑的味道。趙綺看了眼二樓方向，忽地想起了大學時的種種。

大學時，趙綺便注意到這個小學妹，能力很強、廣受師生愛戴，與魏瀾是截然不同的領導風格。

兩人唯一相同的，是同樣好強與倔強。

趙綺很早就注意到了，這個小學妹的目光總是緊隨魏瀾，趙綺以為，魏瀾知道且刻意忽略，可後來趙綺才知道，原來魏瀾始終沒有放在心上。

畢業之後，趙綺與魏瀾維持著不清不淡的關係，間接知道了蕭黎暄畢業後的動向。趙綺以為當年的那個小學妹會隨著大學畢業消失於她的視線中，可後來啊，這個小學妹，走到了魏瀾面前。

蕭黎暄用自己的方式，讓魏瀾不得不正眼看待她。

幾年過去，蕭黎暄辭去了執行長一職，而魏瀾似乎仍在原地……趙綺輕嘆一聲，朝著魏瀾輕道：「人啊，是會累的。」

魏瀾一怔。

「人不是機器，沒有鐵打的心……」趙綺斟酌著用字，徐緩而道：「沒什麼事情是永遠不變的，妳也知道的吧？」

趙綺走向魏瀾，捏捏她的肩膀，後而打開自己的行李袋，拿著換洗衣物先一步走到浴間洗浴，留下魏瀾獨自在床上思考。

而樓上的蕭黎暄也同樣被 Eliana 關心。

Eliana 見到一臉難看的蕭黎暄，眉梢微抬，問道：「怎麼了？魏瀾欺負我們家小暄了？」

蕭黎暄輕吁口氣，緩下情緒，想到自己剛剛的衝動，不禁苦笑。她看向 Eliana，語帶猶疑地問道：「之前妳跟我說的，還算數嗎？」

Eliana愣了下，意識到這話何意時，驚得站起身，張手抱住蕭黎暄，興奮地道：「當然！當然算數！妳知道我一直都在等妳！」

蕭黎暄垂下眼眸，唇角微揚，輕輕回抱Eliana，長吁口氣。

總算是下定決心了，最後，還是魏瀾推了一把。蕭黎暄一直都知道Eliana在等自己做出決定，無奈自己遲遲無法點頭答應——

無法答應是因為魏瀾，如今答應了，也是因為魏瀾。

魏瀾的一句話，便讓蕭黎暄知道，自己該前進了；倘若她繼續在原地踏步，那麼只會被魏瀾施捨——蕭黎暄死也不願意。

與其留在這裡被魏瀾同情，不如遠走高飛、赴往異國，這才是自己該前進的方向。

心繫這麼多年了，也該踏出下一步了。

蕭黎暄與Eliana躺在床上暢聊整夜，直至凌晨才分別睡下，同一時間，樓下的魏瀾卻失眠了。

黑夜漫長，一夜未眠。

直至清晨，魏瀾才不敵身體疲倦緩慢閉上眼。朦朧之際，魏瀾看了眼二樓方向，一邊想著自己要找個機會與蕭黎暄談談，一邊慢慢地闔上眼。

魏瀾沒想到，等她再睜開眼時，蕭黎暄已經離開了。

「嗯？醒了嗎？」

整理行李到一半的趙綺注意到床上動靜，主動拿著衣服走過去，一面作勢要幫魏瀾更衣，一面道：「蕭黎暄離開前跟我說，妳可能需要別人幫忙，所以，要嗎？」

魏瀾微皺眉，沒阻止趙綺的動作，配合地張開手，略急地問：「離開？去哪？Eliana 也走了嗎？」

趙綺迅速地替魏瀾換衣，一面道：「當然，她們是一起離開的。」

聞言，魏瀾的神情微不可查地暗了幾分，一語不答，在下床後向趙綺道了謝，兩人雙雙離開了會館。

趙綺點收完咖啡豆後，闔上後車廂。

「那接下來呢？妳要做什麼？」

魏瀾舉起打著石膏的那隻手，聳聳肩，淡淡道：「要去醫院拆石膏，拆完石膏後我就回公司了。」

趙綺凝視著魏瀾，想起了蕭黎暄，抿了下唇，在上車前朝著魏瀾說道：「魏瀾，如果妳有什麼想做的事，就去做吧。」

魏瀾沒點頭，也沒有搖頭，僅是叮囑趙綺開車小心，下次再見。目送趙綺離開後，魏瀾回到了別墅，一開門便見到自家奶奶胡女士正在品茶，她張望了下，聽到胡女士說道：「妳爺爺去見客人了，晚點回來。妳的手怎麼樣？好些了？」

「好多了。」

魏瀾坐到餐桌前，與胡女士一同飲茶，而另一邊的魏濂卿也正在喝茶，只是對象不是胡女士，而是，蕭黎暄。

「小暄啊。」

「是？」

一大清早，蕭黎暄便透過老管家得知魏濂卿想與自己吃個飯，正巧蕭黎暄也有此意，於是赴了約。

在老管家的指引下，蕭黎暄來到了莊園內的另一間茶樓，一踏進半開放的包廂，便見到魏濂卿正在品茶，眼一抬，喚了聲「小暄」。魏濂卿面對蕭黎暄擺出慈眉善目的面色，與蕭黎暄記憶中的相同。

與記憶中不同的是，那時蕭黎暄並不知道魏濂卿家產雄厚，只當他是和藹可親的長輩，可原來魏濂卿並不只是如此。

當蕭黎暄一入座，魏濂卿端詳起蕭黎暄的面容，半玩笑半感慨地說道：「知道我的身分後就怕啦？俐奧執行長。」

被戳破心事的蕭黎暄臉紅了下，搖搖頭，喉頭微澀，語氣乾澀道：「我已經離開俐奧了。」

「我知道。」

魏濂卿倒了杯茶，推向蕭黎暄，唇角微勾，接著道：「不跳出魚缸，該怎麼游向大海呢？」

蕭黎暄接過茶杯，淺嘗一口，這茶甘甜順口，令她眉舒目展，但很快地一顆心再次提起。

「我也不拐彎抹角了。」魏濂卿布滿皺紋的手指，輕輕轉動杯緣，直接了當地問道：「小暄，當年我答應妳的事情，妳仍希望算數嗎？」

蕭黎暄一怔。

◆◆◆

簡單一句話，便讓蕭黎暄憶回從前，掉入過往之中。

初次見到魏濂卿，並非如這般風光明媚的午後，而是在雨後皎潔月光之下，寧靜的夜色之中，眼前的長者披星戴月而來。

儘管是幾年前的事了，蕭黎暄依舊記得那時的一切，而面前的長者，似乎抵禦了時光洪流，慈藹的面容竟與當時無異。

蕭黎暄以為，世間一切總會隨著時間流逝而逐漸被人遺忘，可現在，蕭黎暄明白，有些事情無論過去多久，依舊鮮明。

當時稚嫩無畏的言語，原來會被人這麼放在心上，比起訝異，蕭黎暄感到感激。

「……謝謝。」蕭黎暄輕吁口氣，直直地看進魏濂卿的眼裡，語氣慎重。「謝謝您還記得那種小事。」

「那並不是小事。」

杯中茶飲已涼，魏濂卿舉杯淺嘗幾口，在漫溢的茶香之中，想起當晚的一切，不禁莞爾。

第一次見到蕭黎暄，是在兩人所就讀的大學中，意外碰到面。

或許，不能說是意外，而是，命中注定。

大學時期的魏瀾並沒有住在學校宿舍，而是住在魏濂卿所購入的小宅中。在高中大考放榜，確定就讀的大學後，魏濂卿便在大學旁隨手買了間小宅供魏瀾居住。

魏濂卿與妻子胡琇盈在魏瀾大學期間時常到小宅與魏瀾吃飯，生活規律的魏瀾從不讓人操心，唯一一次的意外，如今想起仍讓魏濂卿感到有些心驚。

那是魏瀾就讀大四近畢業時的事情。

身為學生會會長，魏瀾在大四時自然而然地成為畢聯會主席，而當時的副主席則是接任學生會會長的蕭黎暄，兩人雖然一正一副，但事實上大部分的工作均交由魏瀾指揮與分派。

蕭黎暄的工作，說好聽點是完成魏瀾的交辦的事項，說直接一點，便是替魏瀾打雜。

蕭黎暄記得，畢聯會籌備初期，曾有人私下討論兩人的職務權限不對等，會不會引發衝突？然而當畢聯會實際開始運作之後，那些質疑聲便隨之煙消雲散。

魏瀾與蕭黎暄明面上互動疏離，可每一次執行企畫，兩人默契極好，帶動整個畢聯會上下一心，籌備畢業典禮的過程大致上暢通無阻，效率與成果直教人嘖嘖稱奇。

在這過程中，唯一一次出錯，整個畢聯會只有兩個人知道，並且在那時盡力補救。

一個是蕭黎暄，另一個自然是魏瀾。

在畢聯會之所以能順利運作，魏瀾的領導功不可沒，每個人都認為是魏瀾善於組織，可只有蕭黎暄知道，明面上的風光明媚，全是魏瀾用高壓換來的。

一肩扛起整個學院的畢業典禮並不容易，可魏瀾從不抱怨，也不喊累，更沒有放掉學業，擔起每一件事，沒有一件事情落下。

可是一個人再怎麼出類拔萃，也不可能是完美無缺的。

在畢業典禮前夕，數月中處於高壓與高度自我要求的魏瀾，一時恍惚大意，做出了錯誤決策，險些造成無法挽回的後果——

魏瀾想做一個，專屬每個人的畢業典禮。

魏瀾在與畢聯會全體討論過後，決定將每個人的學士服統一納管，在每一件學士服的胸口上別上不同的花草，於畢業典禮當日再統一發還。

魏瀾的理念很好，也有能力執行，且在畢業典禮之前按時完成，一切都很順利，直到魏瀾在這時做了個決定。

在畢業典禮前夕，那箱統一納管的學士服，因為室內空間不足，故魏瀾讓人將那箱學士服放到系辦後方的長廊。這個決定是對的，但沒有人想到，課後會忽然下起大雨。

而置放學士服的長廊處於迎風面，大雨傾倒，整箱學士服浸泡於雨水之中，花草全毀，凌亂不堪。

下課後的魏瀾來到了學生會欲關窗鎖門時，餘光瞥見長廊那些衣物，心頭一震，一股寒意自腳底迅速蔓延，直衝腦門。

魏瀾這才想起來，是自己讓人將學士服放在這。

魏瀾看著整箱浸泡於雨水中的學士服，腦袋一片空白。這時距離翌日畢業典禮，已剩不到二十四小時，意識到這點，魏瀾打了個顫。

在這數月中，她戰戰兢兢地處理好每一件事情，可最後，最重要的這件事情，她知道自己搞砸了。

「怎麼了？」

一道熟悉的女嗓忽而從後方傳來，魏瀾猛然回神，一回頭便見到蕭黎暄正收起雨傘，一副碰巧經過系辦的模樣，魏瀾心一顫，故作鎮定地說道：「我能處理。」

「……啊？」

下課後的蕭黎暄在經過系辦時，注意到平日這時間本該門窗緊閉的系學會辦公室仍開著，心中好奇於是進來看看，沒想到會看到眼前這一幕。

蕭黎暄走向魏瀾，不過瞥一眼紙箱，便明白了事情的嚴重性。

「我現在去處理花草的部分，以及跟附近所有服飾店聯繫……」

蕭黎暄看向臨危不亂的魏瀾，一邊聽她說著補救辦法，一邊想著自己該如何幫上魏瀾時，忽然迎上了魏瀾的目光。

外頭大雨滂沱，雨聲幾乎掩蓋過四周的聲響。魏瀾看著蕭黎暄，想到自己的失誤，抿了下唇，心情雜亂。

此時，她既希望是蕭黎暄，又不希望是蕭黎暄。

倘若這件事情無可避免，那麼魏瀾寧可知情的人是蕭黎暄，而不是其他人，可另一部分，她又不希望自己的失態被蕭黎暄見到。

只有當對象是蕭黎暄時，魏瀾希望自己是完美的，沒有缺點與弱項。

然而，此時錯誤已犯，魏瀾咬了下唇，快步走過蕭黎暄，落下一句「我現在立刻去處理」後，便消失於系辦。

而蕭黎暄則站在原地，腦中草擬許多備案，等著魏瀾回來。等了許久後，蕭黎暄等到了魏瀾，可魏瀾與離開前的模樣大相逕庭。

「……妳沒帶傘嗎？」

蕭黎暄怔怔地看著抱著好幾束花的魏瀾出現於門口，渾身濕淋，可似乎一點也不在意。魏瀾將大把大把的花束小心翼翼地放到沙發上，一面道：「這些花不能淋濕。」

蕭黎暄這才注意到，魏瀾是有雨衣的，可雨衣全拿來包花，而她自己如何，魏瀾一點也不在意。

蕭黎暄皺起眉，可魏瀾對於她眼中的擔憂置若罔聞，自顧自地開始忙起手工，試圖憑一己之力將一切恢復原狀。

蕭黎暄看著這樣一意孤行的魏瀾，蕭黎暄知道，在事情完成之前，恐怕魏瀾是不會停下了，於是，她只好著手幫起魏瀾整理花束。

蕭黎暄本來想，只有事情完成才能讓魏瀾停下，她沒想到，能阻止魏瀾的，不只有待辦事項，以及，撐不住疲憊的身體。

在魏瀾方弄完一束花，正要起身拿起下一束時，忽地腦袋一暈，眼前一黑，在蕭黎暄的驚聲中，倒向了沙發。

「學姐？學姐！」

蕭黎暄扔掉花束，緊張地挨到魏瀾身邊，這才注意到魏瀾發了高燒，體溫滾燙，相當嚇人。她臉色一白，正想著是不是該把人拖到保健室時，魏瀾放到背包中的手機，忽然響起。翻出一看，見到了兩通未接來電，定眼一看，這兩通電話的來電人，並非同一個人。

其中一個，蕭黎暄認得；另一人的名字，陌生至極。

蕭黎暄陷入了天人交戰，最後，回撥了其中一則未接來電。

◆◆◆

驟雨初歇，夜色寧靜。

接起電話的人聲音聽上去相當沉穩，嗓音略低，蕭黎暄本來焦急的情緒在聽到那人的寥寥數句後，不自覺和緩。

確認情況後，電話很快地掛上，在蕭黎暄要將魏瀾的手機放回背包前，有些遲疑。

魏瀾的聯絡方式，是蕭黎暄心底的渴望。

儘管兩人身處同一系所，且都是系學會成員，要從旁得知魏瀾的私人電話並不是難事，可蕭黎暄始終不願意這麼做。

如今魏瀾就要畢業了，就這麼蹉跎幾年，蕭黎暄仍然沒有得到魏瀾的聯繫方式。

蕭黎暄苦笑，將手機放回魏瀾背包，安置好魏瀾後，蕭黎暄接過剩餘工作，默默地繼續完成。

過了一會，腳步聲由遠而近，逐步靠近系辦，蕭黎暄方停下手邊動作，抬起頭，便見到一名身穿風衣，身形高瘦的長者站在門邊。在長者的後面，還有一名穿著正裝的男人，先一步走了進來。

「等等。」

蕭黎暄擋在魏瀾身前，看向長者，語氣謹慎：「你們是學姐的家人嗎？」

那名長者眼睛彎了彎，摘下帽子，走進系辦，一張和藹可親的面容映在蕭黎暄面前。

「是爺爺，親爺爺。」

長者這麼說道，一面拿出手機晃了晃。「挺好的，還有危機意識，沒有隨便信任陌生人

——妳叫什麼名字？」

蕭黎暄默了下，才報上自己的名字，邊讓出走道，協助男人揹起早已昏過去的魏瀾。

在長者離開前，蕭黎暄想起魏瀾的通訊紀錄，還有另一個人，於是，叫住了對方。

「那個……」

「嗯？」

魏濂卿停下腳步，轉頭看向小了魏瀾幾屆的小女生，面容清麗但稚嫩，眼神清澈，直直地看向自己。

「請……多替學姐留意……葉靖陽。」蕭黎暄的嗓音微顫，揣著不安，鄭重地說道：「我不希望……學姐受傷。」

眼前這個女孩，是真心的。

魏濂卿能從蕭黎暄的神情判別出真意，那是沒有任何算計，純粹的真心。魏濂卿微微一笑，薄唇微啟：「為什麼妳不親自告訴她呢？」

前兩句話便已讓蕭黎暄用盡氣力，當魏濂卿這麼反問自己時，蕭黎暄有些慌，語速略急地道：「我沒有資格這麼對學姐說，我不行，但……」

後邊的話，化作唇邊的嘆息，魏濂卿眉梢微抬，輕笑幾聲。

「那妳希望我告訴小瀾嗎？」

「不！」

自覺自己太過激動的蕭黎暄很快地斂下情緒，抿了下唇，低道：「我希望今晚的一切，都不要讓學姐知道。」

魏濂卿掃了眼凌亂的辦公室，他不確定兩人到底在做些什麼，但就從旁看來，應該是在趕工與畢業典禮有關的物品。

魏濂卿想了下，忽然報了串號碼，蕭黎暄愣了下，下意識拿過紙筆抄起。

「這是我的號碼，未來妳遇上任何困難，都可以打給我。」

「咦？」

蕭黎暄愣愣地看著魏濂卿，聽著長者解釋道：「今晚如果沒有妳，我不敢想像小瀾會燒到什麼程度，當我們欠妳人情，請不要推拒。」

蕭黎暄輕吁口氣，點點頭，又聽到長者再報了一串號碼，接著道：「這是小瀾的，如果找不到我，就打給她。」

蕭黎暄從未想過，有日她終於如願以償地得到了魏瀾的聯繫方式，是以這種方式獲取。

蕭黎暄也不敢想要拿到什麼回報，可有件事情，她希望眼前的長者可以答應她——

「今天發生的一切，可以不要讓學姐知道嗎？」

魏濂卿定眼看著眼前的蕭黎暄，唇角微揚，輕道：「好，我答應妳。」

那晚別過長者後，蕭黎暄偶爾會在逢年過節時問候魏濂卿，縱然是後來進入俐奧幾年碰上了卸任危機，她從未想過要長者幫忙。

沒想到，會以這種方式再次與魏濂卿碰面。

「聽說，後來那場畢業典禮很成功。」

魏濂卿主動為蕭黎暄倒茶，一面回憶一面道：「我當時沒有告訴妳，我並不擔心葉靖陽，也不認為魏瀾會受傷——那不是真心的感情。」

蕭黎暄一怔。

長者放下茶壺，直直地看著蕭黎暄，眼含絲絲笑意，眸中似有打量。

「妳可以告訴我，當時，妳為什麼認為葉靖陽會傷害魏瀾嗎？」

似乎什麼都瞞不過眼前的長者。

那看似和藹親切的笑容，讓蕭黎暄有種被看透的錯覺。

在得知魏瀾與葉靖陽分手並出國後，蕭黎暄本來不打算告訴任何人，帶進棺材中，這輩子都不向人提起……

可現在，葉靖陽回來了。

不只回來，還在魏瀾身邊兜轉，不知道揣著什麼心思，總讓蕭黎暄感到有些心慌。

望著眼前的長者，面容如記憶中般和藹，可那雙眼深沉而通透，蕭黎暄不覺得自己可以隱瞞些什麼。

也是沒有必要隱瞞了。

「……幾年前，葉靖陽喜歡我，所以跑去跟魏瀾告白。」

這話聽上去相當不合理，但是，魏濂卿立刻反應過來，淡淡地問道：「妳喜歡我們魏瀾？」

蕭黎暄不答，低下眼，喝了口茶。

一切盡在不言中。

魏濂卿不小心笑了出來，引起了蕭黎暄的注意。魏濂卿停止笑聲，悠悠道：「我原本覺得，年輕人的本來就該有小情小愛，可妳啊，怎麼喜歡這麼久？」

蕭黎暄苦笑，不知道長者這話是真心讚嘆？還是調笑她呢？無論是何者，都令蕭黎暄無力招架。

魏濂卿也無意繼續調侃蕭黎暄，微微一笑，問道：「所以呢？我當初答應妳的事，妳仍希望算數嗎？」

蕭黎暄輕輕吁了口氣，想想自己現在的處境，以及這幾年來的變化，這麼答道：「已經沒必要了。」

知與不知，已然無異。

兩人又聊了會後，魏濂卿因公務先行離開，蕭黎暄則是將茶點吃完之後，才隨著老管家離開茶樓。

一踏出茶樓，蕭黎暄不經意向前一看，不禁愣住。

有個人站在那。

老管家笑了笑，先行欠身離開，留下蕭黎暄與魏瀾獨自待在一塊。老管家走後，魏瀾指了指自己手上的石膏，開口道：「陪我去醫院。」

魏瀾一頓，彆扭的語氣柔軟了些，聽上去有些僵硬。

「……拜託。」

或許是因為方與魏濂卿敘完舊，蕭黎暄有種置身於大學校園中的錯覺，只是與當時不同的是，魏瀾從沒有正眼看過自己。

蕭黎暄輕吁口氣，向前走了一步。

「正好，我也有話要跟妳說。」

◆◆◆

塞車路上，一片死寂。

蕭黎暄正坐在魏瀾轎車的駕駛座上，按著導航開往醫院。一般而言蕭黎暄開車並不會感到緊張，可當意識到副駕駛座上有魏瀾時，蕭黎暄不由自主地聚精會神，深怕自己出錯。

要是出了錯，賠上的並不是只有自己，還有，魏瀾。

思及此，蕭黎暄便相當專注，因而沒注意到魏瀾眼中的猶疑。

自從兩人上車後，便沒有說一句話，這讓在上車前聽到蕭黎暄落了一句「我有話要跟妳說」的魏瀾有些心神不寧。

是想說什麼？

裹足不前並不是魏瀾的行事風格，只是魏瀾知道，要求蕭黎暄當自己的司機是有些不合理，因此，她無法名正言順地提出更多要求。

當蕭黎暄過彎駛出車陣後，她輕吁口氣，面上輕鬆不少。眼看醫院近在眼前，蕭黎暄便問道：「妳手上的石膏可以這麼快拆？」

「一般是不行的，但我要求提早拆。」魏瀾低頭看著自己手上的石膏，嗓音清冷而無奈。「本來就沒有很嚴重，而且，我並不想這樣進公司。」

很任性，很符合魏瀾。

既然蕭黎暄開了頭，魏瀾便順勢說道：「妳要跟我說什麼？」

轎車隨著指示牌駛進醫院停車場，蕭黎暄一面找停車位一面應道：「等妳看完診再說吧。」於是魏瀾便沒有追問。

沒有問出口，不代表不在意。

停妥車後，蕭黎暄與魏瀾一前一後地走進醫院，蕭黎暄走在後邊，看著魏瀾的背影，想起了會館裡的一切，臉頰有些發燙，但很快地，蕭黎暄像是想到什麼，神情微暗，澀然一笑。

該來的，還是會來。

兩人來到了骨科門診候診，待輪到魏瀾後，蕭黎暄本想在外等，無奈護理師阿姨相當熱情地招呼一下後，蕭黎暄跟著進了診間。

站在魏瀾旁邊的感覺很微妙，那感覺有些說不上來，但無論如何，能親耳聽見魏瀾無大礙，這比什麼都來得讓人高興。

醫師與魏瀾再三確認後，便替魏瀾拆下手上石膏，改上固定繃帶，並約了下次回診時間。

在護理師向魏瀾確認回診日期時，順道看向了蕭黎暄，蕭黎暄微微一笑，淡淡道：「下次回診我沒辦法陪她來，我應該不在台灣。」

護理師理解地點點頭，轉頭就為魏瀾掛號。魏瀾正在旁邊，自然也聽到了蕭黎暄的話，她抿了下唇，一語不發地走出診間。

分明手上石膏方拆，魏瀾卻仍感到沉重無比。

蕭黎暄主動拿過了批價單，先魏瀾一步直下樓去批價領藥，這一次，換成魏瀾走在後面，看著眼前這人分明沒來過醫院而強裝鎮定，直直往前走的模樣，唇角微勾，神情柔和。

這樣的畫面太過日常，魏瀾以為自己會感到疙瘩，可不知怎麼地，這樣的日常，卻讓魏瀾感到親切且自然。

好像，可以與這個人這樣生活下去，魏瀾不禁這麼想。

魏瀾確實認識蕭黎暄很久、很久了，從學姐學妹到職場敵手，已然好幾年過去，這些年來，魏瀾所認識的，是俐奧的執行長、是大學的直屬學妹、是蕭旭昇的表妹……那都僅是一種身分，而不是「蕭黎暄」這個人。

魏瀾所認識的蕭黎暄，是那樣淺薄。

過去不曾在意的事情，如今卻若有似無地拉扯心口，近乎到了無法忽視的地步——

「魏瀾。」

聞聲，魏瀾回過神，見到蕭黎暄正站在領藥處，朝自己伸出手，一面道：「妳的健保卡。」

魏瀾輕吁口氣，走近蕭黎暄邊從短夾中掏出健保卡，遞給蕭黎暄時，兩人的指尖不小心碰在一塊，蕭黎暄的手指微顫，穩了穩心神，故作冷淡地接過健保卡，遞給櫃檯的藥劑師。

午後暖陽斜斜地照進醫院內，本該給人疏冷感覺的醫院多了幾分暖意。等候領藥的片刻，蕭黎暄望向落地窗感受溫暖陽光，微微地眯起眼，像是一隻貓在打盹似的。

蕭黎暄長得極好看，就算是不做俐奧執行長，靠著這張臉也能在這世界輕易通行，可偏偏這張臉蛋的主人一身硬骨，偏偏選了一條難走的路，咬牙前進。

剛離開俐奧，立刻與 Eliana 為伍，接著又要飛離台灣前往異國，思及此，魏瀾咬了咬牙，冷冷地看向那慵懶的美麗身姿，不禁想，難道這人不能消停一會嗎？

彷彿是感受到了魏瀾的視線，蕭黎暄側過頭，迎上魏瀾的目光，心頭打個顫，但很快地蕭黎暄瞪了回去，按著叫號領藥，再將藥袋塞到魏瀾懷裡。

「妳沒跟我說謝謝就算了，還敢跟我擺臉色？」

蕭黎暄的厲聲讓魏瀾的氣焰立刻消下，魏瀾抿了抿唇，拿過藥袋，別過頭，哽著喉頭道了謝。

「呵。」

蕭黎暄從不期望魏瀾會好聲好氣地同自己說話，稍早之前的那句「拜託」已可喻為奇蹟，不過……蕭黎暄本就打算無論如何今日都要與魏瀾見上一面。

魏瀾方走往電梯直往下到停車場時，蕭黎暄忽然喊住了她。

「魏瀾。」

「嗯？」

那喚聲使魏瀾停下腳步，看向了蕭黎暄，再聽到下句時，魏瀾下意識捏緊了藥袋。

「我說，我要離開台灣去英國，那不是一時的衝動，希望妳知道我是認真的，並不是任性為之。」

魏瀾不語，僅是站在那，直直地看著蕭黎暄。她沒有答話，安靜地聽著蕭黎暄繼續說下去。

「然後，我要為自己以及 Eliana 向妳道歉——Eliana 恐怕不能跟艾偌合作了，因為我的關係，於情於理我都該告訴妳。」

那雙沉黑眼眸倏然圓睜，那眸中情緒幽暗不清，蕭黎暄辨不明白，也是沒有必要知道了。

「最後是……」

本來平穩的語調，有了一絲鬆動，蕭黎暄調整呼吸，盡量冷淡而疏離地這麼說道：「我不能陪妳回去了，會有人來接妳。」

叮咚。

電梯門開，一道頎長身影走出電梯，朝著魏瀾筆直走去，俊顏掛著笑容，輕鬆而歡快地說道：「好久不見，魏總，傷勢還好嗎？」

面對朝自己走來並臉上堆滿笑容的葉靖陽，魏瀾紋風不動，目不斜視地直直盯著蕭黎暄。

被這麼盯著的蕭黎暄心頭一寒，欲說些什麼，魏瀾率先轉頭，朝著葉靖陽淡淡地下了指示。

「下去停車場等我。」

面對魏瀾的冷淡，葉靖陽的臉色有些掛不住，欲開口，魏瀾直接打斷了他。

「『現在』，麻煩你。」

重點是前兩字，葉靖陽明白。葉靖陽低下頭，應了聲，僵著一張俊顏走回電梯，下樓等魏瀾。

蕭黎暄見眼前這發展不如自己所想，頓時有些朦，在她釐清狀況之前，魏瀾忽然朝自己疾步而來，一語不發地用左手拽過蕭黎暄，直直地往後走。

「魏瀾！妳要去哪！」

若不是顧慮魏瀾的手傷，蕭黎暄肯定會直接用力甩開，可她就怕傷到魏瀾，於是任著魏瀾拉著自己，便這麼走出醫院後門，直抵花園中庭——

「魏瀾，妳到底想——」

魏瀾鬆開了左手，抬起手，拉過了蕭黎暄的領子，使力一拉，那張精緻柔媚的面容，急遽在眼前放大——

蕭黎暄的唇，意外地有薄荷糖的味道。

那唇帶著一絲涼，如周身陣陣的風，宜人而美好。那顆薄荷糖的糖心肯定是酒釀巧克力，不過淺嘗，便讓人醺然。

雙唇柔軟得令人詫異，彷彿親吻一團棉花，又柔、又軟，雙唇之間帶些濕熱，兩人近得能感受到鼻息重疊，炙熱而燙人。

先回過神的，是蕭黎暄。

蕭黎暄猛然推開魏瀾，不可置信地看著魏瀾，目光落到魏瀾的唇上。在魏瀾開口之前，蕭黎暄先疾聲而道：「什麼都不要說，拜託。」

魏瀾一怔。

那明豔的面容相當慌張，眼眶甚是有淚光，在蕭黎暄往後退一步時，魏瀾彷彿聽見了心裡有個角落破碎一地。

真是……糟糕的吻。

蕭黎暄別過頭，單手遮臉，快步離開了中庭，留下魏瀾獨自杵在那，單薄的身影隱入了陰影之中。

中庭那處，是陽光照不進的地方。

魏瀾獨自站了許久，才轉身離開。

◆◆◆

那是太過美好的吻，對於蕭黎暄來說。正因為太過美好，所以，才讓人感到害怕。

「瘋了吧……」

快步離開醫院的蕭黎暄，漫無目的地走在街上，想著方才的一切，心跳紊亂，腦中思緒混亂不已。

那是什麼意思？

平日善於分析並做出精準決策的腦袋忽然失去了作用，蕭黎暄怎麼也想不明白魏瀾到底為什麼要那麼做，同時，蕭黎暄也清楚地意識到，自己到底多喜歡魏瀾——

倘若不喜歡，便不會動搖，更不會險些陷入那個吻，無法自拔、無法逃脫……

還好，蕭黎暄在那個當下用最後一絲理智推開了魏瀾。蕭黎暄不敢想，若她沒有推開魏瀾，任憑自己繼續吻下去，到底會發生什麼事。

「該死的……」

蕭黎暄揉揉眉心，唇上的觸感太過清晰，軟唇相抵的瞬間猶如有道電流竄流而過，胸口酥軟一片，這些年來拚命壓抑的情感彷彿如汽水泡泡般噴湧而出，差一點，就差一點，她就回吻了魏瀾。

真的……令人焦躁的初吻。

想到自己的初吻如此令人摸不著頭緒，蕭黎晅停下腳步，仰望天空，演活了一把偶像劇女主角的畫面。

初吻給了自己喜歡的人顧然感到高興，但是……那到底什麼意思？蕭黎晅想不明白魏瀾的動機，只是反覆想起那個瞬間，以及，魏瀾的神情。

那樣的表情，蕭黎晅從未在魏瀾臉上見過。

憤怒中似乎帶點不安，以及，無可奈何。

忽地，蕭黎晅的風衣口袋傳來一陣振動，她拿出手機一看，是Eliana。

「喂？」

『晅！妳有看到妳跟我的護照嗎？』

「……啊？」

聽著彼端話筒傳來的著急聲，蕭黎晅暫時拋開魏瀾，提步往回走，一邊揮手招車，準備回去。

而被那個吻困擾的人，不只有蕭黎晅，還有，魏瀾本人。

另一邊的魏瀾在蕭黎晅離開醫院之後，獨自走進電梯直下停車場，再與葉靖陽碰面。

葉靖陽一迎上魏瀾的視線，他便噤了聲，儘管不滿，但面對現在神情冰冷的魏瀾，他只得悶聲不敢調笑，安靜地送魏瀾回公司。

方駛近公司，魏瀾忽道：「我在這下車。」

「啊？」

駕駛座上的葉靖陽有些不可置信，愣愣地看著後照鏡裡的魏瀾，再次確認道：「這裡？妳不進公司嗎？」

「我不用跟你解釋吧。」魏瀾不以為然地望向車窗外，斬釘截鐵地再次重申道：「我要在這下車，你把車開進停車場。」

葉靖陽抿了下唇，將車停到路邊，一語不發地獨自駛近大樓地下停車場，而魏瀾在下車後輕吁口氣，攔了輛計程車，前往此刻她唯一能去的地方。

◆◆◆

趙綺有個習慣，應該說，有個近乎偏執的原則——

誰都不可以打擾她整理咖啡豆。

每逢趙綺從魏家莊園將咖啡豆批回店裡後，那日「C&R」便會公休，無論誰來趙綺都不會接客，可有個人，無視門上的「休息」木牌，直推而入——

「今天沒有營業喔。」

理豆被打擾的趙綺相當不悅，面色鐵青地站起身，逐客之詞已然到舌尖，在回頭見到來人時，立刻吞下。

「……魏瀾？」

趙綺以為會館別過之後，兩人下次再見面應該是許久之後，可沒想到不過二十四小時竟又見面了。

不只是單純碰到面，對方的臉色也非常……微妙。

趙綺沒見過這樣的魏瀾，應該說，不曾在魏欄臉上見過這種神情。魏瀾是天之嬌女，過得一向游刃有餘，縱然可能出差錯，魏瀾也不會慌張，冰冷得如台機器。

可是，眼前的魏瀾，臉上的表情相當微妙，不確定中竟帶著一絲……沮喪？

趙綺為自己的認知感到不可思議。

「……如果不是妳右手一副殘廢的模樣，我實在不確定妳是不是魏瀾。」

聽到趙綺的調侃，魏瀾瞇了瞇眼，調整好自己的情緒與呼吸後，開門見山地說道：「我有件事不確定，想問妳。」

「嗯哼？」

從魏瀾口中聽到「不確定」三個字，真的很新奇，足以讓趙綺放下磅秤，走出吧檯，一面倒兩杯水，一面望著魏瀾。

在趙綺遞來開水時，魏瀾直直地看向趙綺，薄唇微啟。

「我親了一個人，但我不確定原因。」

「噗——咳、咳咳……」

趙綺險些被杯中開水給噎死。過於震驚的趙綺嗆了好幾口才緩過氣，她放下玻璃杯，不敢相信地看著魏瀾。

「哇靠，我真的不知道該從何吐槽起！妳給我好好交代來龍去脈！還有對象是誰！」

魏瀾並沒有多作贅述，直接講了重點——在醫院，我不開心，我親了蕭黎暄。

「……」

趙綺往後退了幾步，跌坐在店裡椅子上。真的不是她太戲劇化，而是，這一切太過荒謬。

趙綺按著眉心，沉思起自己該如何開口，最後，她揉揉太陽穴，開口道：「魏大總經理，妳……妳這……」看在兩人多年友誼，趙綺努力修飾語言，咬牙道：「妳談過戀愛，卻還問我不知道為什麼親了蕭黎暄？是在跟我哈囉？」

然而，魏瀾給了一個，讓趙綺險些跌下椅子的回答。

「我沒喜歡過葉靖陽，事實上，我不知道『喜歡』是什麼感覺。」

「……」

頭好痛。

這是趙綺腦中的第一個想法。

趙綺回想起大學時期，得知魏瀾與葉靖陽在一起後，雖然訝異，但久了也認為挺合理，可沒想到多年後，趙綺這才知道，魏瀾根本沒喜歡過人家。

「沒喜歡還在一起三年！三年！」趙綺真的是忍不住，近乎崩潰地朝著魏瀾吼道：「你他媽在這世上會想親的人，只有蕭黎暄，這代表妳喜歡她！這就是『喜歡』！」

現在這世代連幼稚園都可以談戀愛了，趙綺真沒想到眼前這人連自己為什麼要親人家都想不明白！

被這麼一吼，魏瀾不但沒有不悅，反倒一臉沉思，聽到趙綺繼續說道：「魏瀾，換作是別人，我會說這人是渣渣，但妳跟蕭黎暄這情況……我不知道到底該不該高興？」

後邊趙綺又說了一連串的話，但魏瀾沒聽進去，在趙綺的嘰嘰喳喳中，想明白了。

既然懂了，那就可以去解決了。

「我想好了。」

「……啊？」

趙綺的滔滔不絕被硬生打斷，她愣愣地看著一臉明朗清明的魏瀾，忽然有種不好的預感。

「我現在要去綁架蕭黎暄，告訴她，這是喜歡。」

「……」

一定得用「綁架」這詞嗎！

蕭黎暄自認自己的人生雖然稱不上一帆風順，但也不至於曲折離奇，所以，護照遺失這件事，肯定能在蕭黎暄的人生荒唐事中名列前三。

而且，這件事還牽扯到了 Eliana。

「我這輩子真的沒掉過護照……」

Eliana 正坐在床沿邊，看著腳邊攤平的行李箱以及散落一地的物品，長嘆一聲。「在國外掉護照真的很麻煩啊……」

臉色難看的，不只有 Eliana，還有蕭黎暄。

——蕭黎暄的護照也憑空消失了。

蕭黎暄趕回家後，見到一籌莫展的 Eliana，一問之下才知道兩人本該好好收在行李箱夾層的護照竟然遺失了。

「我就是怕自己會搞丟護照，所以一直收在行李箱的夾層中……」Eliana 站起身，環視四周，滿臉無奈。

「難道我的行李箱破洞不成？」

「恐怕跟行李箱無關。」

蕭黎暄抿了下唇，蹲下身，看著行李箱一面梳理思緒，近乎肯定般的開口說道：「被人偷了吧。」

雖然這推論聽上去相當不可思議——兩人前晚可是入住了奢華私人會館，並不是露宿街頭，且財物毫無損失，那麼，就只剩下一個可能。

——有人不想要兩人出國。

Eliana 看向蕭黎暄，聯想到了一個人，但 Eliana 怎麼也無法相信這個人會做這樣的事。但要是是真的……Eliana 彎彎唇角，那代表有人是真的被逼急了，才會出此下策。

「哎。」

蕭黎暄站起身，揉揉眉心，語氣萬般無奈。「我會負責找到我們的護照，妳別太擔心。」

語畢，蕭黎暄轉身離開臥室，面色鐵青地拿出手機，正要打給魏瀾，手機先一步響起。

蕭黎暄定眼一看，見到來電人愣了下，遲疑地接起電話。

「喂？」

『妳們一個個都在搞什麼？』

一道惱怒的男聲猛然從話筒另端響起，蕭黎暄被這沒有上下文的指控搞得一頭霧水，隨即又聽到男人說道：『妳叫我去醫院接魏瀾，結果魏瀾根本沒有要進公司，那妳跟我聯絡什麼意思的？讓妳看笑話？』

語間憤怒顯而易見，但蕭黎暄並不知道詳情，而葉靖陽也知道蕭黎暄大抵是不知道的，但他無法向魏瀾撒氣，這股怨氣便全傾倒給蕭黎暄。

蕭黎暄並未發怒，而是在男人的情緒語間找出與魏灝有關的蛛絲馬跡，最後，得出了一個結論——

魏灡大概是有病吧。

蕭黎暄掛上電話，對自己這番註解感到相當滿意，除此之外，蕭黎暄想不到還有什麼可能。

而眼下，蕭黎暄這些想不透的事情並不重要，真正重要的是她與 Eliana 的護照……雖然蕭黎暄非常不想承認，但是，護照應該是被魏灡拿走了。

原因不明、動機不明，蕭黎暄也懶得釐清，只想盡快從魏灡那取回護照，交還給 Eliana。

忽地，遠方那人似乎有所感知，手機響起，蕭黎暄瞥了眼螢幕立刻接起。

「魏灡，妳有病吧？我跟 Eliana 的護照是不是妳拿走的？」

『沒病。』

魏灡那涼如薄冰的嗓音，自話筒傳來，淡淡而道：『護照確實在我這，如果妳想要拿回護照，晚上七點來「C&R」一趟。記住，一個人來。』

話落，魏灡直接掛上了電話，蕭黎暄不可置信地看自己的手機，不禁荒謬得笑了出來。

蕭黎暄收起手機，轉身跟 Eliana 說了這事，本來蕭黎暄是帶著愧疚，沒想到 Eliana 在聽完之後大笑幾聲，笑倒於床鋪，面對著蕭黎暄揶揄道：「看來魏灡不只會偷心，還會偷護照，身手挺好。」

「別說了……」

此時蕭黎晅真不想承認自己喜歡的人是魏瀾。

儘管萬般不願意，蕭黎晅知道，自己此趟非去不可。若只是她與魏瀾之間的小吵小鬧倒是沒什麼，但是，扯到了Eliana，蕭黎晅便別無選擇。

既然別無選擇，那只好在腦內演練萬種情況，好以做出對策，可蕭黎晅怎麼也沒想到，實際情況遠超出她的想像。

◆◆◆

時近七點，蕭黎晅現身於「C&R」。

蕭黎晅將車停妥後，一面走向「C&R」一面想起大學時確實曾耳聞趙綺學姐想開一間複合式酒吧，當時聽著像是個空泛的妄想，可沒想到幾年過後，趙綺真開了一間屬於自己的店。

蕭黎晅雖然知道趙綺是這間「C&R」的老闆，但未曾踏進過。

蕭黎晅與趙綺之間的關係，絕稱不上是熟識；雖然都是系學會的一員，但兩人僅是點頭之交，畢業之後蕭黎晅曾以為會這麼斷了聯繫，沒想到有天她會踏進這。

一推開C&R，蕭黎晅便覺得不對勁。

在蕭黎晅的想像中，當自己推開C&R的大門，裡頭應該要有幾組客人，而魏瀾可能坐在角落，那麼蕭黎暄會朝著魏瀾直走而去，取回護照後就離開。

可事實上是，當蕭黎暄一推開門，映入眼簾的，是一張長桌。

一般來說，長桌並無什麼奇特，但是，當那張長桌擺在店內中間，且桌子上面放了蠟燭，活像是電影中的燭光晚餐，那就非常奇怪了。

……這到底是燭光晚餐，還是，邪教祭壇？蕭黎暄不禁這麼想。

其實燭光晚餐與邪教祭壇有挺多相似之處——通常都有桌子、蠟燭，不同在於前者通常是主動享用晚餐，後者在晚餐部分可能是被動。

蕭黎暄謹慎地看待這長桌，絲毫不敢妄動，只敢四處張望，她在方萌生離開的念頭時，一道熟悉的人影忽而從後方出現，伴著鵝黃色的暖光，走到了蕭黎暄面前。

魏瀾直直地看著蕭黎暄，壓了壓唇角，對著臉色不甚好看的蕭黎暄淡淡開口道：「坐下，吃飯。」

蕭黎暄無語地看著眼前的魏瀾，若不是對方的右手仍有繃帶，蕭黎暄絕對會一掌拍過去。

但是，傷者最大，蕭黎暄忍了。

「這是怎麼回事？」蕭黎暄眉頭微蹙，環視四周，一臉不可置信。「妳最好給我一個很好的理由來解釋妳為什麼要偷護照——」

「我沒有要解釋。」

忽地，魏瀾抬起左手，伸向蕭黎暄，掌心朝上，看進蕭黎暄眼裡，直道：「『綁架』總得有人質，以及，贖金。」

「……？」

話落，蕭黎暄聽到門口傳來機器運轉的聲響，她猛地回頭一看，玻璃門外的鐵門竟緩緩降下，最後，落地緊閉。

蕭黎暄這才意識到，自己似乎真的是被綁架了……

◆◆◆

「偷護照」這件事情，魏瀾不但不羞愧，反而覺得自己睿智無比。

前天晚上，魏瀾從蕭黎暄口中得知出國一事，夜半之中魏瀾愈想愈不對，在所有人都睡下後，只有魏瀾仍舊醒著。

她想，自己得做些什麼，不能這樣坐以待斃。魏瀾坐起身，望向二樓，思考起距清晨的這短短數小時，自己可以做些什麼。

忽地，魏瀾想到，在四人走進屋內紛紛打開行李時，她無意間聽到 Eliana 對蕭黎暄說過，護照放在行李箱夾層相當安全……

要阻止別人出國，拿走護照絕對是直接的方式。

於是，艾偌的魏大總經理，沒在管自己的形象，輕手輕腳地上樓，輕易地從行李箱摸走了護照。

本來她只想拿走其一，可沒想到兩人的護照居然疊在一起，這令魏瀾感到相當不悅——儘管不義在先的人是自己，魏瀾仍舊不開心。

魏總一個不開心，就把別人護照給偷了。

「……」

聽完魏瀾這番毫無悔意的告解，蕭黎暄覺得頭有點疼，一臉厭世。蕭黎暄深吸口氣，嘆了聲，望向魏瀾。

「那妳到底想做什麼？」

「不知道。」

「哈？」

蕭黎暄不是第一次對魏瀾發脾氣，過去兩人交手時蕭黎暄便時常因為魏瀾而氣得牙癢癢的，但沒有一次覺得如此荒誕。

魏瀾仍舊面不改色，直直地看著蕭黎暄，冷靜地說道：「我不知道自己到底想做什麼，但我知道自己想見妳，想要與妳吃晚餐，為此我可以不擇手段。」

偷護照也好、把人關在這也罷，都只是想吃頓晚餐，僅此而已。

「……」

一時間，蕭黎暄不知道這人是在說情話？還是預告犯罪？

儘管蕭黎暄忍不住在心中如此吐槽，她的神情還是因為這句話而柔和了些，微揚的唇角無奈中多了些微小的雀躍。

「所以，妳想跟我吃晚餐？」

魏瀾毫不猶豫地點頭，並走到長桌旁拉開椅子，一臉冷靜，可動作卻有些生疏，甚至椅腳磕到了腳，魏總仍悶不吭聲，眉也不皺，假裝自己對於這一切很在行。

好笨。

這是蕭黎暄在坐到椅子上時，腦海中冒出的第一個想法。

見到蕭黎暄入座後，一直蹲在後方窺視的趙綺大大鬆了口氣，好幾次她都差點衝出去，壓著魏瀾跟人道歉，可沒想到最後蕭黎暄不但沒報警，反而真的坐了下來。

呼，真是上天保佑。

趙綺在心中大大地喟然一嘆，趕緊走回廚房準備起兩人有些微妙的燭光晚餐。

什麼都不能打擾趙綺理豆——除非這個人開了平常三倍的價格來包場，那麼趙綺便願意將咖啡豆放到後方休息室。

趙綺一面開伙，一面想自己真的是資本主義的走狗，要不是魏瀾開的價格太漂亮，她才不會冒著警察破門而入的風險⋯⋯

「趙綺，可以上菜了。」

魏瀾清冷的嗓音飄進了廚房，趙綺翻個白眼，趕緊盛盤準備上菜。坐在魏瀾對面的蕭黎暄一聽到趙綺的名字，有些不可置信地問道：「趙學姐同意妳這樣搞她的店？」

「沒法不同意。」

在魏瀾回答之前，趙綺先端上兩碗湯品，一邊上菜一邊說道：「我這個人一向是收多少錢做多少事——」趙綺看向蕭黎暄，眨眨眼說道：「妳也可以付我更高的『贖金』，我很樂意替妳按下鐵門開——」

「趙綺。」

聽到一旁冷冷的喚聲，趙綺抖了下，將湯碗放妥後趕緊溜回廚房，著手準備下一道前菜。

蕭黎暄不置可否地看著魏瀾，不太明白魏瀾的心境有何改變，甚至覺得自己大概是在夢中，才能與魏瀾這般面對面平和地吃一頓飯。

而魏瀾不是沒有感覺到蕭黎暄的注視，而是臉有點臊，於是低頭喝湯，一句話也不說，讓蕭黎暄有些摸不著頭緒。

說起來，蕭黎暄其實從未真正認識過魏瀾。

她與魏瀾從未真正深談過、對話過，不曾坐下來好好地說上話，表達彼此的想法。這些年來總是在爭執與追逐中度過，活得像是兩個世仇似的，直到現在蕭黎暄離開了崗位，卸下了職責與重擔，竟在這時候彼此才得以進行對話。

意識到這點，蕭黎暄不禁苦笑，喝完最後一口湯後，放下了湯匙。

「魏瀾。」

「嗯？」

魏瀾跟著放下湯匙，一抬眼，便見到蕭黎暄無可奈何的表情。

魏瀾在這張明豔的面容上見過各種神情，靈動的、自信的、不甘的、倔強的……唯獨沒見過蕭黎暄這般無可奈何地看著自己。

那個眼神彷若說著：我該拿妳怎麼辦才好？

蕭黎暄理了理雜亂的思緒，欲說些什麼時，趙綺恰巧端上剛烤好的麵包與餐前開胃菜，那些已然到舌尖的話語，蕭黎暄硬生嚥下。

魏瀾瞅了眼蕭黎暄，一語不發地將自己那份較大塊的麵包給了蕭黎暄，蕭黎暄眼裡透著疑惑，魏瀾說道：「我的手不好剝，所以麵包給妳。」

蕭黎暄接過了麵包，兀自將麵包掰成兩半，隨後將其中一塊放到了魏瀾的盤子上。

「謝……」

「我打算離開俐奧的時候，心情跟這麵包一樣，想分一半給妳。」

魏瀾的謝辭被蕭黎暄打斷，蕭黎暄眉眼低垂，自顧自地說著話。

「我以為自己這是割捨，後來我才知道，不過是『還回去』。」

或許在旁人眼裡，艾偌與俐奧是高度競爭的關係，可是身為局內人的蕭黎暄相當清楚，不過是還回去罷了。若是艾偌願意，其實隨時可以吞下俐奧，只是魏瀾始終沒有這麼做。

魏瀾並沒有否認這樣的說詞，靜靜地看著蕭黎暄，聽著蕭黎暄繼續說道：「我的努力源自於我的自卑。我知道在我心底的某一處，一直覺得自己不如妳——事實上，確實是如此。」

蕭黎暄並不是妄自菲薄，而是愈是盡力，愈是知道自己與魏瀾之間的差距，所以她的敗北不只是鐵錚錚的事實，更是不變的定律。

沒有如果，縱然重來一遍，蕭黎暄也知道自己不會贏魏瀾。

從愛上這個人的那一刻起，便注定總有一天她將輸得一蹋糊塗，但是，蕭黎暄並不後悔。

在將手上的那塊麵包吃完後，蕭黎暄也頓悟了一些事。

「蕭黎暄，我——」

「不要對這樣的我，說喜歡。」

魏瀾噤聲，怔怔地看著蕭黎暄，見到蕭黎暄的神情時，魏瀾的胸口猛然一揪。

「我不知道妳的心境產生了什麼變化，但有件事，我很清楚——」蕭黎暄深吸口氣，目光燦然。「我並不喜歡現在的自己，我不希望妳喜歡現在的這個我。這個，什麼都沒有的我。」

那樣的喜歡，太過廉價了。

蕭黎暄知道，也許現在逼迫魏瀾承認自己的心意，可以從此過上幸福快樂的日子——

可是，然後呢？

她要繼續依附魏瀾、挨傍著魏瀾才能發光發熱嗎？這是蕭黎暄可想而知的快樂結局。可這個結局，蕭黎暄並不想要。

魏瀾笑了。

魏瀾彷若如釋重負，本來有些茫然彆扭的神情於面上煙消雲散，心中一片清朗。

原來是這樣啊。

對戀愛一無所知的魏瀾，預設過各種戀愛情境，可現在面對蕭黎暄，魏瀾明白是自己多慮了。

蕭黎暄就是蕭黎暄，不是別人，不可能複製任何人的戀愛經驗，她也不必去成為別人的樣子，或是屈身討好。

一切，只要隨心所欲、從心而論就可以了。

「蕭黎暄，我不會一直等妳。」

所以妳要早一點功成名就，早一點，走到我身邊。

蕭黎暄彎彎唇角，什麼也沒說，可那眼神似乎早已言盡一切。

她會的。

◆◆◆

在蕭黎暄吃完主餐，且認為這場晚餐畫風變向溫馨時，不經意地說道：「等會記得把護照給我。」

本來蕭黎暄預期中，魏瀾的回應會是「護照在櫃檯妳自己拿」之類的，然而，魏瀾卻不假思索地應道：「護照不在這。」

「……哈？」

蕭黎暄真的險些將刀叉扔過去對面。蕭黎暄不可置信地看著魏瀾，咬牙切齒地說道：「護照不在這，不然在哪？」

然而，魏瀾對於蕭黎暄的憤怒無動於衷，優雅地用刀叉將盤中南瓜切丁送入口中，後而道：「一般而言，綁架犯會將人質放在唾手可得的地方嗎？」

「一般人不會綁架護照！」

面對不知道算不算是戀愛開竅的魏瀾，蕭黎暄很崩潰，不禁懷疑起自己的看人眼光是不是很差？天底下這麼多人，怎麼偏偏喜歡這麼一個性格惡劣又戀愛愚笨的魏瀾？

蕭黎暄喝了口水，告訴自己，是自己選的，不要嫌。暗暗深呼吸調整情緒後，蕭黎暄一臉眼神死，直瞪著魏瀾。

「那請問我跟 Eliana 的護照呢？」

魏瀾皺了皺眉，實在不喜歡從蕭黎暄口中聽到 Eliana 這名字。

瞧魏瀾一臉不開心，蕭黎暄美目圓睜，音量拔高。「妳還敢不開心？我沒把妳的頭擰下來就不錯了！」

人在後方廚房的趙綺看那長桌前的兩人，一臉憂心忡忡。趙綺一面覺得魏瀾骨子裡真的是個臭直男，天底下沒人這樣追老婆，另一面又慶幸對象是蕭黎暄，罵歸罵，人還是沒跑。

「——妳不打算還我護照，我就要走了，再見。」

……這打臉打得真快。

趙綺本來要追上去了，但還好戀愛半開竅的魏瀾，這次知道要追出去，然而，她起身追出去，只是這麼說道：「鐵門沒開，妳要去哪？除非妳是緋紅女巫，能在鐵門上開洞之類的。」

「……」

簡直是，氣到笑！

蕭黎暄呵呵兩聲，抬手扯過魏瀾的領子，唇角上揚，語氣輕柔。「如果我是緋紅女巫，妳現在就會被我打到另一個時空了。」

被扯過領子的魏瀾也不惱，順勢低了頭，蕭黎暄說了些什麼她沒進去，只是看著蕭黎暄明亮亮的眸子覺得特別好看，視線下移，落到了紅豔的唇上。

下一秒，魏瀾前傾，再一次吻上了那柔軟的唇。

蕭黎暄怔了下，腦海一片空白，忘了推開也忘了憤怒，只感受到淡淡的薄荷味，是方才趙綺送上桌的薄荷糖……

在感覺到濕熱的舌尖輕探上唇時，蕭黎暄才回過神，猛然推開魏瀾，明豔的面容雙頰泛紅，不可置信地看著魏瀾。

「妳、妳……」

身為事主的魏瀾倒是臉不紅氣不喘，直勾勾地看著蕭黎暄，那涼薄的面上神情其實與以往無異，可那眼神太過赤裸，蕭黎暄竟看出一絲意猶未盡的味道。

魏瀾並不想加以掩飾什麼，眸中的焰火安靜燃燒，那燙人的視線在蕭黎暄的臉上巡了一圈，四目相迎中，先是蕭黎暄移開了眼。

蕭黎暄正告訴自己想多了的時候，便聽到魏瀾悠悠道：「我會負責。」

「不要說這種會讓人誤會的話！」

蕭黎暄是又氣又羞，總覺得哪裡不對，又說不上是哪裡不行。瞧蕭黎暄氣呼呼的樣子，魏瀾唇角微微彎起，語氣清冷，說的話卻讓人浮想聯翩。

「妳要來我家拿護照嗎？」

不知道為什麼，蕭黎暄聽出了「要來我家看貓嗎」的意思，很快地蕭黎暄將這想法從大腦中抹除，抿抿唇，咬牙道：「我不去難道妳會送來我家嗎？」

「是不會。」

「……」

蕭黎暄扶額，看了看面前的鐵門，再想想 Eliana 的機票，只好點了頭。

魏瀾走到駕駛座車門旁，眼神示意蕭黎暄上車。蕭黎暄嘆口氣，走到駕駛座開門上車。手握方向盤的蕭黎暄告訴自己，等拿完護照她就走，不會出什麼差錯，可蕭黎暄沒想到，接下來的一切事情遠超乎她的想像。

「……魏瀾，妳家住這麼偏郊？」

蕭黎暄隨著魏瀾的口頭指示將車一路駛離市區，原本蕭黎暄並沒有覺得不對，本來有些人會為了較好的居住品質刻意選擇近郊落腳，但是！這也太偏郊了！

然而，人在副駕駛座上的魏瀾只是淡淡地接下了蕭黎暄的質疑，理所當然地說道：「就是這麼遠。」

蕭黎暄一臉懷疑，無奈人生地不熟，蕭黎暄沒膽將車掉頭，只能憑著魏瀾的指示繼續往前開。

在蕭黎暄要提出二次質疑時，魏瀾忽然降下副駕駛座的車窗，左手指向不遠處的透天小別墅說道：「就是那間，直接停門口就好。」

還好不是什麼奇怪的山上木屋……蕭黎暄暗暗鬆了口氣，一面將車駛近那棟小別墅。當車停妥後，兩人下車，蕭黎暄望著眼前的小別墅，一面問道：「妳從這開車到公司要多久？這得花半小時以上吧？」

魏瀾並未正面回答，只是自顧自地往前走，蕭黎暄瞪了眼魏瀾的背影，氣呼呼地跟上去。

當門一敞開時，那點怨懟隨即煙消雲散。

好美。

這是在蕭黎暄隨著魏瀾走進屋內時，萌生出的第一個想法。

怎麼說呢……在大學畢業初踏入社會時，蕭黎暄曾想像過未來的生活——與自己喜歡的人，住在一間簡潔明亮的小屋。倒不用多奢華高貴，只要簡單乾淨就可以了，也許還能養隻狗、養隻貓……

而此刻她身處的地方，幾乎與她曾有過的未來想像完美重疊，而想像中的那個人，也在眼前。

「蕭黎暄？」

聽到魏瀾的喚聲，蕭黎暄回神，清清嗓子，擺出不耐煩的架式直道：「我們的護照呢？拿完我要走了。」

魏瀾眉梢一抬，直直地望著蕭黎暄，悠悠道：「怎麼走？車鑰匙在我這，而且這附近叫不到車——」魏瀾看向窗外，接著道：「妳在開車的時候沒注意到天氣狀況嗎？看這雲層的厚度，等會應該會下大雨。」

「……」

蕭黎暄並沒有預期會到近郊，她以為魏瀾應該會住在市中心區，她壓根沒想到會來近郊一趟。

蕭黎暄正感到氣惱時，魏瀾的眉眼彎了彎，在蕭黎暄徹底被惹怒之前，開口說道：「我平常不住這，我在市區有房……會帶妳來，是有東西想給妳看。」

話落，魏瀾隨即往二樓走。蕭黎暄頓了下，跟了上去。

◆◆◆

踏上二樓時，蕭黎暄才注意到這是一間樓中樓設計的小別墅。蕭黎暄往下一看，彷彿能想像魏瀾與家人——與那位魏濂卿先生坐在客廳沙發的畫面。

感覺到蕭黎暄並未跟上，魏瀾回頭，便聽到蕭黎暄問道：「妳與爺爺感情很好？」

聽到「感情好」三個字，魏瀾眉皺了一下，一臉不習慣與誰親暱似的，淡淡道：「……不差。」

蕭黎暄眉梢微抬，頓時覺得有些好笑。

魏瀾默了會，才說道：「我的父母親工作忙，小時候多半時間都是我的爺爺、奶奶在顧的……」魏瀾遲疑了下，想到小時候的種種，繼而道：「應該算『顧』吧。」

魏瀾說起了自己童年的事。

她說，像是象棋從沒贏過魏濂卿而被親爺爺大聲恥笑、或是被胡琇盈拉去日月潭，被自家親奶奶笑著威脅說要是沒在中午前走完就扔進湖裡……等等，這些童年算是「照顧」的話，那確實是被爺爺奶奶帶大的。

「……」

蕭黎暄好像忽然明白為什麼魏瀾性格這麼差了。

魏瀾聳聳肩，兀自往前走，蕭黎暄三步併作兩步地跟上去。大抵是稍稍地窺探了魏瀾不為人知的過去，蕭黎暄心底開始有些期待魏瀾到底想給自己看什麼。

兩人來到了走廊盡處的房間，當魏瀾推開門時，蕭黎暄不自覺呼吸一滯，望了進去——眼前落地窗外的大片山林徹底吸引了蕭黎暄的注意，蕭黎暄不自覺將這房景聯想到魏家莊園那棟私人會所，似乎風格有些相似。

隨著魏瀾走進房間，蕭黎暄環視這個房間，整體舒適、乾淨且大器，彷彿是入住了那間會館似的。

可還是有些地方與會館不同。

蕭黎暄注意到了靠窗那張長桌上層層疊疊的樣料，她不自覺走近一看，確實是做服裝的布樣。

在那些布樣之下似乎壓著幾張紙，蕭黎暄視線下移，定眼一看，不禁一愣。

「這是……」

壓在布樣之下的，是一張張服裝設計圖稿。

「那是我國、高中時畫的。」魏瀾脫下外套掛到了門後掛鉤上，一面說道：「以前想過要當服裝設計師。」

蕭黎暄抬起頭，望向魏瀾問道：「後來呢？怎麼沒往服裝設計走？」

「錢太少。」

「……」

真是一個實誠的答案。

蕭黎暄翻著這些學生時期的魏瀾手繪的設計稿，用色大膽、風格強烈，作品氛圍相當迷人。

……這樣的魏瀾，雖然最後進入了時尚產業，卻抹殺了對服裝設計的熱忱。蕭黎暄望向談著過去一臉平淡的魏瀾，忍不住放輕語氣問：「現在呢？攢錢攢夠多了，還是不想回去當服裝設計師？」

魏瀾的目光淺淡，並未回答，蕭黎暄也沒打算追問下去，看了看房間，改問道：「所以呢？妳想給我看什麼？還有護照呢？」

魏瀾一臉淡然，指著靠窗的柔軟床鋪，理所當然地說道：「給妳看睡覺的地方。」

「……」

蕭黎暄荒謬得笑了出來。

蕭黎暄再一次相信魏瀾就是那種典型的高ＩＱ低ＥＱ的人類。蕭黎暄半被強迫地接受了魏瀾的性格缺陷，嘆口氣，一臉眼神死。

「我可沒準備過夜用品。」

魏瀾的神色微不可查地鬆了幾分，那放鬆的瞬間極快，眨眼即逝，那清冷的嗓音後而淡淡響起。

「穿我的、用我的——當然，不穿也行。」

「……魏瀾妳去死吧！」

◆◆◆

噠、噠、噠。

那是魏瀾被趕出自家房門，被迫下樓的無奈腳步聲。

覺得自己被調戲一把蕭黎暄與誠懇直白說出事實的魏瀾，彼此認知並不對等，而明顯蕭黎暄占上風，在準備要洗澡時把人趕了出去。

不只趕出房門，還趕下樓。

魏瀾默默地下了樓，一走到客廳隨即往外一望，這才發現下雨了。

雨夜並不是什麼特別的景象，在魏瀾的記憶中，僅有兩個雨夜特別清晰——

一是畢業典禮前夕的雨夜，二是此刻。

在淅瀝的雨聲中，魏瀾恍然想起多年前的那個雨夜。

魏瀾記得，那晚因為自己的疏失不得不留守於辦公室，在她力挽狂瀾之際，蕭黎暄出現了。魏瀾原本不願意讓蕭黎暄參與，但在迎上蕭黎暄的眼神時，她便放棄獨自奮鬥的想法。

她衝出了辦公室，跑到商圈街上直奔花店，捧了好幾把花束返回學校，途中下起了雨，但她顧不得自己，一心保護這些花束。

等她回到了辦公室，便全心投入於學士服中。

入夜後的風摻些涼意，一陣又一陣地颳進辦公室，魏瀾打個顫，卻沒有停下動作。

儘管她感到頭痛欲裂、體溫升高，她也沒有停下，可她記得……在自己站起身欲拿另一把花束時，雙腿一軟，身體不聽使喚地倒下。

再之後，魏瀾便在自己的房間醒來。

那時雨已停，魏瀾從床上坐起身，望向窗外，隱約記得在她倒下之際，曾落入了一個溫暖，甚至可以說是燙人的擁抱。

現在想來，當時感受到的燙度，到底是自己身體因高燒而生出寒意，還是……蕭黎暄的體溫特別高呢？

思及此，魏瀾往二樓一看，想了想，微不可查地笑了下。

試試看不就知道了？

另一邊方洗好澡正在更衣的蕭黎暄也注意到了外頭的雨聲。蕭黎暄一面穿上寬鬆的灰色居家服，一面望向窗外。

在收回視線時，她不經意地見到了鏡中的自己。

或許是方沐浴過，那張明豔的面容雙頰潮紅，顯得那雙杏眼特別清澈、特別無辜，卸去妝容的精緻五官少幾分凌厲、多了幾分素雅。

在踏出浴間前，蕭黎暄暗暗深呼吸，告訴自己平常心。過去仍在俐奧時，什麼大風大浪沒見過，現在不過是在魏瀾家裡，又有何懼……

蕭黎暄提口氣，拉開門的瞬間，立刻後退甩上門退回浴間。

「魏瀾，妳脫什麼衣服！」

蕭黎暄崩潰的怒吼聲在熱氣氤氳的浴間迴盪，襯衫正脫到一半的魏瀾微抬眉梢，走近浴廁，站在門前，音量微微提高說道：「不脫衣服我怎麼洗？」

蕭黎暄憋了下，憑著氣勢吼回去。「我說妳不對就不對！」

魏瀾也不惱，悠悠問道：「妳有的我也有。妳就沒有看過模特兒更衣嗎——」

阻隔在二人之間的門猛地被拉開，魏瀾迎上了一雙憤憤不平的雙眼。

「妳看過哪個模特？哈？」

「——不小心瞥到的那一種，還是妳都不去現場盯的？」

「……」

蕭黎暄真想把自己按進浴缸裡，被水悶死算了。

在蕭黎暄翻個白眼，正要從魏瀾身邊擦肩而過時，她的手臂忽然被拽過，一側頭便迎上一雙燦亮的眼眸。

「蕭黎暄，妳體溫高嗎？我想試試。」

「……啊？」

◆◆◆

蕭黎暄腦中很快地想過一個想法——

這人的腦子是不是在車禍當下撞壞了？

蕭黎暄先是滿臉漲紅，後而迎上魏瀾那雙沉黑的眼眸，眼裡是既純粹又瘋狂的情感在湧動。

……面對魏瀾，好像面對一頭方甦醒的野獸，初嘗七情六慾，一切憑著野性做事。

蕭黎暄頓時有些哭笑不得。

而魏瀾眼眸深處那不斷湧現的情愫，一部分源於方踏出浴間的蕭黎暄，那撲面而來的熱氣，夾雜幾縷自己熟悉的馨香，另一部分，是寬鬆的灰色長版棉T，只長至大腿根處，勉強遮掩了翹挺的臀。

那半遮的狀態，要比全裸更來得引人遐想。

蕭黎暄自然沒意識到此刻的自己在魏瀾眼中是種極致誘惑，視線下移，停在魏瀾的右手臂上。

「手半殘的人，說什麼傻話？」

魏瀾一頓，抿了抿唇，炙熱的視線不自覺停在那紅潤的唇上，紅唇一張一合，魏瀾眸色深沉，伸出手，扯過蕭黎暄的手臂——

這一次，唇上觸感有異，魏瀾抬眼，迎上一雙帶著狡黠的眼睛。

「想占我便宜占三次，有點過分了吧？」蕭黎暄先一步抬起手，擋住了魏瀾的唇，她更加確信自己的直覺是對的。

魏瀾真的是憑野性直覺在做事的。

明明這人一直清冷孤傲，不染塵俗，學生時期私底下也聽過不少學妹說過魏瀾看上去挺禁慾，就算是後來跟葉靖陽交往，看上去也毫無差別。

蕭黎暄記得，當時還聽到有人這麼感慨：魏瀾真的是個平凡人嗎？要真是個普通人，怎麼對人類毫無慾望？

若有機會碰到當初說這話的人，蕭黎暄肯定第一個反駁——

要是真沒有慾望，這時候就不會沒吻成後腦羞，憑著體型優勢與未癒傷勢把她壓在浴室牆上。

沐浴過後熱氣未散，周身水霧瀰漫，蕭黎暄感到有些暈眩。

太近了。

洗浴時隨意夾起的頭髮沾了些水氣，水珠順著髮絲滴落於肩上。蕭黎暄身上那件寬鬆的灰色的居家服質料極好，滴水之處顏色深了些，緊貼優美肩線，那件過大的居家服平時穿著是舒適，是禁不住拉扯的，不過拽了下，便露出大半的脖頸與裸肩。

蕭黎暄瞇了眼，眼神透著警告，放到平常職場是種威嚇，但現在地點是魏瀾家的浴間，四周漫溢屬於魏瀾的淡香，令她感到頭暈目眩。

這個瞪眼便顯得有些嬌柔，還有幾分逞強的味道。

「魏，瀾。」蕭黎暄咬牙憤懣地喊了她的名字，臉上有強忍的鎮定，一面顧著魏瀾的傷，一面道：「妳到底想幹什麼？」

蕭黎暄沒有逃。

魏瀾腦中只有這想法。

確認蕭黎暄不會掙扎後，魏瀾明顯放鬆了箝制的力道，整個人貼上，微微低身，忽地將下頷抵在蕭黎暄的肩窩，惹來懷中那人一顫。

蕭黎暄忽然有種被北極熊熊抱的錯覺。

這隻北極熊似乎有些呆萌，卻又極具攻擊性，最麻煩的是，手上帶傷，使得蕭黎暄有些無所適從。

傷勢明明應該是一個人的弱項，怎麼到自己這就是極大優勢了！蕭黎暄不禁怨恨起自己的軟弱無能，才會讓魏瀾這樣恣意妄為。

說到底，都是先喜歡上的那個人，全盤皆輸。

意識到這點，蕭黎暄輕嘆口氣，被魏瀾敏銳地捕捉到那聲嘆息，魏瀾低問：「妳不開心？」

陣陣熱氣噴散於裸露的肌膚上，脖頸是一個人脆弱又敏感之處，一陣麻癢泛於心口處，讓人不禁打個哆嗦。

「妳……不要貼著我……」

蕭黎暄勉強站直，魏瀾像是顧忌蕭黎暄會從自己懷中偷溜，一隻長腿直入蕭黎暄兩腿之間，另隻手按住蕭黎暄的腰，直勾勾地看著蕭黎暄。

「我可以不貼著，但妳要答應我一件事。」

蕭黎暄的背後是冰冷的磁磚牆面，本來應該讓人感到透骨寒意，可兩人幾乎相貼的體溫滾燙非常，連冰冷的磁磚面都多了幾分溫熱。

四目相迎，蕭黎暄有種奇異的感覺。眼前的人分明是魏瀾，卻又似乎與夢中的魏瀾重疊，讓她有些分不清此刻是現實，抑或是那個夢境——

在那個夢裡，魏瀾緊擁著她，全身遍處無一沒有被親吻過；在那個夢裡，魏瀾一次又一次地擁抱她、親吻她，近乎是索求無度……

但那終究是不切實際的夢。

可現在呢……

蕭黎暄的手忽然被人握住，蕭黎暄怔了下，忘記抽離，眼中帶著迷茫與詢問。在蕭黎暄的注視下，魏瀾拉過她的手，放在自己臉頰邊，唇一開一合。

「我是受傷了，幫我洗。」

幾乎是同一瞬間，魏瀾猛然握緊手，防止某個臉上紅暈一片的女人再一次逃跑，魏瀾直直地盯著蕭黎暄，薄唇有意無意地親吻指尖。

「妳不是要出國嗎？這要求不過分吧……」

這兩者到底哪裡有關聯！若是平日蕭黎暄不會被魏瀾這麼輕易地牽著鼻子走，她不允許自己被帶節奏，但是……

光是忽略指尖陣陣如電流般的麻癢，幾乎已用盡了氣力。

蕭黎暄不該憶起夢裡的那清冷中帶著妖嬈邪佞的魏瀾，身子不由得酥軟，魏瀾那長腿若有似無地抵碰蕭黎暄腿間，若不是見到魏瀾眸中的純粹，蕭黎暄真的怕自己會放任自己沉淪。

「……洗就洗，我就當洗狗，我怕妳嗎？」

魏瀾笑了。

魏瀾很少笑的，平時就算是笑了也是帶著禮貌與疏離，可現在魏瀾臉上的笑意，純然而直接。

像是一個孩子要到了糖果似的。

魏瀾並沒有得寸進尺，很快地退開身子，蕭黎暄也終於從那窒息中解脫，不禁長吁口氣。

當蕭黎暄不經意抬起頭時，見到魏瀾挺直背脊，朝蕭黎暄張開了手。

「……？」

魏瀾眉梢微抬，語氣雲淡風輕，那沉黑的眼眸卻直直看著蕭黎暄拉鬆的領口。

「洗澡前不脫衣服嗎？我手殘了，幫我。」

「……」

蕭黎暄有種被一臉無害的北極熊狠狠坑了一把的感覺。

✦✦✦

魏瀾看著嘴上說著「我就當洗狗」的蕭黎暄，氣勢很是凌厲，可解開鈕扣的手卻在抖。

見狀，那薄唇微微上揚幾分，低眼看著一臉凶狠卻極力避開傷部的蕭黎暄，那明媚清麗的面上慢慢浮上赧色。

比起蕭黎暄強掩的羞赧與尷尬，魏瀾是真的不太在意自己的身體被蕭黎暄見到，不只不在意，還有點自信。

由於職業的特殊性，以及魏瀾嚴以律己的性格，使得她長年維持運動習慣，身體毫無贅肉，甚至帶點精實的線條，在襯衫鈕釦全數解開時，蕭黎暄很快地撇開頭，視線擦過平坦緊實的腹部，吞嚥了下。

襯衣脫下，蕭黎暄瞥了眼魏瀾眉眼間的慵懶神色，頓時有些氣惱，咬牙道：「內衣自己脫！」

魏瀾舉了舉左手，一臉正色，正經道：「脫不到。」

蕭黎暄翻個白眼，暗暗深吸口氣，當手指碰上背扣時顫了下，興許是緊張，蕭黎暄搓搓弄弄弄了一會才順利解開。

當蕭黎暄聽見到極細微的笑聲時，滿臉漲紅，說什麼洗狗呢？連脫衣服都不敢看。

「好啦。」

魏瀾愜意地將鬆落的內衣拿開，一面走進淋浴間，一面說道：「我自己洗就好了，再這樣下去都像是我在輕薄妳。」

蕭黎暄臉上一陣紅一陣白，飛也似的逃出了浴間，在踏出浴室時隱約聽見了那低低的笑聲。

渾蛋。

蕭黎暄用力拉上門以表憤怒，魏瀾笑了下，伸手打開水龍頭，任著熱水灑下，洗起了澡。

外頭的蕭黎暄瞪了眼浴間方向，在唏哩花啦的流水聲中，那顆躁動的心也逐漸平穩。

蕭黎暄環顧四周，簡潔舒適的北歐風格，家具調性偏冷色，與魏瀾給人的感覺相當類似。

當蕭黎暄的視線掃到化妝台時，見到了自己的車鑰匙，頓時感到啼笑皆非。

當魏瀾在上樓提到車鑰匙時，蕭黎暄大概知道這次魏瀾大抵再次重演護照事件，而她的車鑰匙一向習慣放在外套口袋，進魏瀾家門第一件事也是一面脫外套一面環顧四周，壓根沒注意自己放在一角的外套。

這人摸走東西摸得得心應手，還真的是，受不了。

蕭黎暄嘆口氣，沒有收起車鑰匙，改走向書桌，細細看起那些服裝設計。魏瀾說，這是自己國、高中時期的作品，但就蕭黎暄看來，這些作品遠超乎於國、高中生程度。

若魏瀾沒有說，蕭黎暄真會以為這是魏瀾大學，甚至是近期的作品。

服裝設計啊……隨著魏瀾踏進時尚產業的蕭黎暄，捫心自問，她真沒有設計方面的興趣以及天賦，事實上，她是喜歡經營行銷，而不討厭潮流時尚。

所以，蕭黎暄會答應 Eliana，有部分也是因為如此。

現在品牌方創立、事業正要起步的 Eliana，最需要的是背後運籌帷幄之人。Eliana 有其獨特的時尚眼光，平日對於自身的穿搭也是要求極高，但對於整體事業的發展策略，Eliana 一無所知，而蕭黎暄恰巧可以補足這點。

至於，設計的部分……

喀啦。

門把轉動的聲響驚動了蕭黎暄，她立刻放下那些圖稿，轉頭看向浴間，不過瞄了一眼，蕭黎暄再次炸鍋。

「不要給我圍條浴巾就出來！滾進去穿好衣服！」

相較於蕭黎暄的面紅耳赤，身上僅有條浴巾的魏瀾顯泰然自若，大方地表示自己沒衣服穿。蕭黎暄一陣腦熱，抓了床鋪上的衣物就往魏瀾身上扔。

「給我進去！」

魏瀾被一把推了進去，看了眼手上的薄薄衣料，眉梢微抬，解下浴巾，穿上了睡袍。

人在外面的蕭黎暄神色蔫然，彷彿經歷了一場劫難。怎麼就！這麼不害臊！就在蕭黎暄嘀咕魏瀾不守婦道，真活得像北極……不，是野獸，不會是北極熊，畢竟北極熊有脂肪不需要穿衣服，但魏瀾有什麼？

呵，不過就是有張好看的臉、深邃迷人的眼眸，以及緊實的身體線條與柔軟的一對雪乳，腹部下方處的線條隱入褲頭……

「這樣滿意了？」

當魏瀾的嗓音響起時，蕭黎暄下意識抬起頭，一看向魏瀾呼吸頓時一凝。

這有穿跟沒穿差在哪……

魏瀾一身寶藍色長版絲質睡袍，質料極好，貼合身體曲線。那隨意拉攏的領口隨著魏瀾的走動若有似無地向兩旁鬆敞，腰間上的綁帶更是打得隨意，似乎輕輕一拉便會掉了。

蕭黎暄撇開頭，拿了吹風機，就把魏瀾按到化妝台桌前。「坐好，吹頭髮。」

話落，蕭黎暄便板起正經臉色，打開吹風機，兀自幫魏瀾吹起了頭髮。魏瀾那滯於半空中的手顯得有些笨拙，她瞥了一眼鏡中那不敢飄移的雙眼，淡淡道：「沒洗到狗，倒是幫狗吹毛了。」

蕭黎暄聽出了字句中調侃的味道，正要低眼瞪向鏡中的魏瀾時，瞥見了寬鬆領口那裸露的肌膚，又默默移開眼，語氣帶了點氣惱。「根本是狗咬呂洞賓……我眼光真差。」

話落，魏瀾眉梢一抬，左手向上抓住了蕭黎暄，本來就沒有拉攏的領口被扯得往旁滑落幾分，隱約可見胸前陰影，蕭黎暄臉一紅，剛要掙扎，便聽到魏瀾似玩笑似真心地說道：「妳不能指控我沒做的事。」魏瀾的語調散漫，眸色深沉，宛如窗外的那片長夜。「我都還沒咬呢。」

蕭黎暄使力抽走了自己的手，揉著魏瀾後髮的動作慌了些，卻強裝鎮定假裝沒聽見。

魏瀾望向鏡中的蕭黎暄，沒想過有天會有人替自己吹頭髮，而當這天真猝不及防地到來時，魏瀾便覺得一切挺好。

有個人，有個家。

蕭黎暄吹髮的動作絕對稱不上是熟悉溫柔，可怎麼說呢，那撫過每一根頭髮的手指似乎有什麼魔力，在一次次的順髮下，魏瀾覺得，有種陌生的感覺在胸臆間湧動。

在魏瀾還沒能來得及梳理那樣的情感時，啪一聲，蕭黎暄俐落地收起吹風機，放到了一旁。

吹風機方放下，蕭黎暄立刻伸出雙手、微彎下身，一邊拉緊魏瀾的領口，一邊咬牙道：「妳不能把衣服穿好嗎？」

能別把一件好好的睡袍穿得如此情色嗎！

那衣料極好的絲質睡袍搭在魏瀾身上，毫無遮掩效果，不過是將她穠纖合度的身材襯得更加柔美，本來魏瀾給人感覺清冷而疏離，或許是這件睡袍的設計，磨去了幾分冷淡，多了幾分嫵媚。

那是很奇怪的狀態。

性感與禁慾不常同時出現，但在魏瀾身上，兩者皆有，且兩種是全然不同的視覺。魏瀾那精緻宛若雕刻般的五官仍舊令人望而生畏，可舉手投足間又無不誘惑，那本該帶些英氣的面容多了些漫不經心，微抬的眉眼間漫著慵懶，眉稍彷若勾著人。

坐在椅子上的魏瀾仰起頭，看進蕭黎暄的眼裡，拉過蕭黎暄的手，往自己腰間帶，緊緊按著。

「魏——」

「妳說，要幫我穿好，那得先解開再重新綁過，不是嗎？」

魏瀾的眸中有團安靜的火焰，火勢猛烈卻靜謐，那是更深沉的、更幽深的情感，似乎正要破殼而出。

蕭黎暄覺得，魏瀾什麼都不懂。

魏瀾不懂喜歡、不懂愛，更不該懂這些情愛歡愉，所以，動情的自己，似乎像個蠢蛋。

而這個蠢蛋，視線仍舊不由自主地落到魏瀾受傷的右手，比起自己的那蠢蠢欲動的欲望，她還是，更擔心她的傷。

魏瀾順著蕭黎暄的視線下移，落到自己的右手上，靜了會，她開口道：「在車禍當下，我想到的人，是妳。」

蕭黎暄一愣。

◆◆◆

「蕭黎暄，妳說妳不懂我的心境產生了什麼變化……我也不懂。」

那說著「我也不明白」的魏瀾眼眸深沉，在黑眸深處卻如一汪清澈碧潭，眸中波光粼粼，令人移不開眼。

有些事情，既然想不明白，那便全數傾訴就可以了。

「我很慶幸那不是個嚴重的車禍——不是因為我貪生怕死，而是我發現，我還有事情沒有去做。」

魏瀾直勾勾地看著蕭黎暄，直接地、毫無遲疑地這麼說道：「我還想跟妳『做』很多事情，嗯，就是那意思。」

「……魏瀾妳還是去死吧！」

薄唇微勾，那雙好看的手按住懷中美人，魏瀾靠在蕭黎暄平坦的腹部，聲音聽上去帶著低低的笑意。

「是，我不懂喜歡，不懂愛，我沒有真正喜歡過誰，也沒有愛過誰，可我清楚知道，有些事情，我只想跟妳做——這就是一般人口中的『喜歡』了吧？」

……雖然沒說錯什麼，可蕭黎暄就是覺得好像被輕薄了，但她沒有證據。

魏瀾站起身，柔身貼著蕭黎暄，伸手握住了蕭黎暄的手。

力道不大，可也無法掙脫。

「我所做出的所有事情，都是想跟妳多待一會，偷護照也好、拿車鑰匙也罷，都是想要妳來找我。我總覺得要是我去找妳，妳會跑。」

被說中的蕭黎暄默默移開眼，顯得有些不自在，魏瀾的手指輕扣住蕭黎暄的下顎，逼得她不得不看著自己。

魏瀾前傾，近得只要微仰頭雙唇便會碰在一起，可就是在這麼近的距離，魏瀾停下，直勾勾地看著蕭黎暄，薄唇微啟。

「我的『喜歡』就是這麼一回事，不行嗎？」

蕭黎暄瞇了瞇眼，真的是沒見過耍流氓耍得這麼理所當然的……但能怎麼辦呢？自己選的，能怪誰呢？

思及此，蕭黎暄便將雙手隨意搭上了魏瀾的肩膀，不知道想些什麼，神情迷離又慵懶，眉眼柔媚，一笑嫣然。

「妳既然想跟我談戀愛，那我就告訴妳我的『喜歡』是怎麼回事——我個人是不結婚不上床的，所以，別給我動手動腳了。」

「……」

魏瀾一臉吃驚的模樣，蕭黎暄發誓自己真能笑一輩子。

那個晚上，兩人雙雙躺在柔軟舒適的床鋪上，不著邊際地聊著天，彷若要將蹉跎而過的這八年一次補上似的。

長夜漫漫，床邊那鵝黃色的暖光令蕭黎暄驀然想起大學時的新生宿營營火。那營火也是如此溫暖，而她那時候，也是這麼看著魏瀾。

與當時不同的是，魏瀾並沒有看著自己。

憶起往事，蕭黎暄鬼使神差般的開口問道：「妳為什麼……會跟葉靖陽在一起？」

「嗯？那個啊……」

魏瀾翻個身，直視著天花板，聽著外頭陣陣雨聲，一面回憶一面道：「就是一個無傷大雅的賭注而已。」

對於魏瀾而言，那段感情可有可無，甚至可以說是船過水無痕那般，若不是蕭黎暄提起了，她恐怕也記不起來了。

此刻蕭黎暄提了，魏瀾便上心幾分，再看看蕭黎暄那欲言又止的神色，魏瀾直覺認為其中有隱情，換作是之前，也許她會質問蕭黎暄，但經過趙綺一下午的戀愛惡補，魏瀾想明白了些。

『魏瀾，我不指望妳懂得尊重、友善、包容，但至少，妳要做到「信任」。』

一向嘻皮笑臉、游刃有餘的趙綺難得板起了臉，語氣真切，一字一句說得清楚而緩慢。

『信任是感情的基底，沒有信任，感情終究會崩裂……妳要記得，沒有人是完美的，每個人身上都有自己的缺口。愛情不是兩個完美的人湊合在一塊，是兩個有缺口的人，向彼此靠近，逐漸走向完整。』

『愛情不是結果，只是一個過程而已。』

此刻，魏瀾好像多少趙綺的意思了。她望著眼前的蕭黎暄，不急不躁，只是靜靜地、專注地望著對方。

魏瀾一直都知道，蕭黎暄長得很好看，但那是客觀上的好看，在此之前，她未曾以主觀的喜好去看待蕭黎暄。

人一旦有了主觀的偏見，似乎便會一發不可收拾。

「蕭黎暄，妳好看。」

「……嗯？」

還在那自我糾結年少小祕密的蕭黎暄腦袋一片空白，險些翻下床，那張豔麗的面容充滿驚懼，遲疑地看著魏瀾。

魏瀾以為蕭黎暄沒聽清楚，視線上下打量，正經八百地說道：「五官精緻，膚白嫩皙，胸型好看，身體比例勻稱，雖然缺乏肌肉線條，但也因為如此體態柔媚，腰也挺軟，還有臀——唔……」

蕭黎暄一手摀住魏瀾，臉上一陣紅、一陣白，又惱又羞，美目圓睜，咬牙說道：「妳跟個變態一樣。」

聞言，自認做出公正評判的魏總不開心了，眉梢微抬，舌尖一伸，那手如觸電般顫了下，正要收回，卻被魏瀾一把握住。

魏瀾憑著力氣優勢，將蕭黎暄拉到自己懷裡，下巴抵在蕭黎暄的髮頂，淡淡道：「總之，我想表達，妳是我的人。」

蕭黎暄真慶幸魏瀾見不到自己的表情，要是見到了，恐怕又要調戲她了。蕭黎暄極細微地輕嘆一聲，心情猶如坐上雲霄飛車那般上上下下，折騰不已。

但是，並不討厭。

靠在魏瀾懷中的蕭黎暄，彷彿能聽到魏瀾淺淺的呼吸聲與心跳聲，她正在離魏瀾最近的地方，心裡擱著的那些事，似乎也沒有這麼嚇人了。

默了會，蕭黎暄主動道：「葉靖陽……會跑去找妳，是因為他那時候喜歡我，而他看出來我喜歡妳。」

魏瀾頓了下，輕輕嗯了聲。

「我沒有想到妳會答應，但妳答應了我也不能做什麼……我只告訴妳爺爺，不要讓妳受到傷害，妳的電話，也是他給我的。」

這樣啊……年少那七零八落的模糊記憶變得鮮明，以為四散各處毫無關聯的拼圖原來能拼在一起，使得那些違和之處變得合情合理。

魏瀾輕撫蕭黎暄的後髮，像是順著一隻貓似的。此時愈是緊密，愈是意識到分離。

「妳什麼時候要走？」魏瀾問。

蕭黎暄閉上眼，睏意湧上，語間染上濃濃睡意，含糊地應道：「下週……月初就要走了……」

魏瀾低下眼，拉高棉被，將旁邊已然安穩睡下的美人掩實，不讓一點晚風溜進，深怕夜裡她會著涼。

魏瀾躺在蕭黎暄身邊，一手握住蕭黎暄的手，手指輕輕摩娑，另一手則是拿起了手機，在深夜裡聯繫另一個人。

也許，對於蕭黎暄而言，這是告一段落，但對於魏瀾而言，不過是個開始。

蕭黎暄離開台灣的那日，魏瀾正式重返工作崗位，回到了艾偌。當她一踏進公司，便感到不對勁。

那份不對勁並非是有明顯異狀，而是魏瀾的直覺。回到職場上，魏瀾以為會有許多公事等待自己處理，然而當姜于彤向自己匯報時，卻輕描淡寫地帶過了許多公務。

魏瀾接過報告細細審閱了一番，處理得確實不錯，一般而言魏瀾應該要感到高興，可她卻感到一股違和。

下屬處理公務的能力有所長進固然是好事，只是……怎麼能在這麼短的時間內進步神速？

儘管魏瀾想不明白，但對於絕對信任的姜于彤，她並不會問多餘的事情，於是便這麼不了了之了。

另一個令魏瀾感到違和的，是葉靖陽。

重返工作崗位後，魏瀾主動找了葉靖陽，為自己那天的失態道歉。本來魏瀾以為葉靖陽又會嘻皮笑臉地帶過，偶爾又會纏上來，然而這次葉靖陽僅是客氣地回了幾句客套話，一副對總經理畢恭畢敬的模樣。

態度到位，卻不太對。

自從兩人重逢後，魏瀾從未在葉靖陽身上感受過「尊重」。或許是兩人曾有一段不愉快的感情，所以再次見面時，葉靖陽並不認為自己矮人一截。他口中喊著「魏總」，事實上心底怎麼想的，魏瀾不想深究，也不在乎。

回到職場投身於工作的魏瀾，一面養傷一面處理延宕的公務忙得昏天地暗，對於周遭微妙的變化疏於覺察，自然沒察覺到她身邊有兩個人走得特別近。

若不是魏瀾生理期來，在廁間待得稍微長了些，恐怕會錯過那些廁門外的耳語。

「我聽人家說，葉經理有對象了。」

聽到「葉經理」三個字，魏瀾眉梢微抬，公司裡姓「葉」的人並不少，但那聲「葉經理」恐怕只有葉靖陽了。

葉靖陽有對象？她怎麼不知道？

魏瀾不急著走出廁間，聽著門外兩位職員繼續說道：「上次有人看到葉經理在跟人約會，對象還是公司裡的人，好像是……」

門外的聲音停頓了下，似乎深怕被誰聽見似的，低聲說了幾句，隨後低呼聲響起，隨之而來的是興奮的討論聲，慢慢走離廁間，直至聽不見那兩人的聲音後，魏瀾才推門走出。

魏瀾打開水龍頭，任著清水唏哩花啦地汩汩流下，忽地想起了塵封已久的往事。

當年與葉靖陽交往一事，在校園中迅速傳開，身為當事人之一的魏瀾並無特別的想法，只對於四周過多的視線感到有些困擾。

除此之外的，對於魏瀾而言，都是不重要的身外之物，就連與葉靖陽的這一段關係，都可以輕易捨去。

所以，當魏瀾偶然間聽到幾位愛慕葉靖陽的學姐、學妹私下談論起葉靖陽時那臉上的不甘，魏瀾並不感到優越，只覺得困惑。

既然如此喜歡，為何不爭取呢？又既然知道這份喜歡無果，又何必浪費多餘的氣力去喜歡呢？

這對事事習慣量化的魏瀾來說，相當難以理解。

可很多事情，本就無法計量，也無特定公式，並非是「對」與「錯」如此這般簡單歸類——這個道理，當時的魏瀾無法體會，便無意間傷害了另外一個人。

那個人，是當時與魏瀾最親近的人。

「——難道這三年來，妳真的無動於衷嗎？」

當葉靖陽鼓起勇氣，告訴了魏瀾欲前往異國進修的規劃時，魏瀾眉也不皺，這麼淡淡地應道：「那就分手吧，祝福你。」

那毫無遲疑的態度，無疑刺傷了葉靖陽，比起憤怒，更多的情緒是不可置信。

「妳從來沒有喜歡過我？」

三年時光，青年成了男人，在這一瞬間，雅痞風趣的男人似乎重返了青澀的大學時光，面對著魏瀾，張揚而自信。

當時的不知天高地厚，是青年認為，一旦有機會與魏瀾發展為情侶，有一天，自己與魏瀾終會成為別人眼中令人羨煞的愛侶。

這三年間，兩人雖然不到愛得轟轟烈烈，可青年一直認為，兩人關係緊密，所以才能持續三年，整整三年——

然而，魏瀾的視線投來時，將葉靖陽單方面的美好綺想徹底擊碎。

「葉靖陽，你輸了。」

葉靖陽怔怔地看著魏瀾，因這句話猛然想起三年前在校園中的階梯上，自己曾對魏瀾挑釁過。

可是……這一千多個日子……

或許當時葉靖陽的動機並不單純，可這三年中的每一日，都是那樣踏實且真實。在瑣碎的日常中，他是真的對魏瀾動了心。

可原來，魏瀾不過是為了個區區勝負，所以，一直留在自己身邊。意識到這點，葉靖陽笑了出來，可眼裡卻毫無笑意。

「……是，我輸了。」

葉靖陽的嗓音冷硬，望向魏瀾的眸子血絲滿布，冷冷道：「但妳認為，妳永遠都是對的？永遠不會輸嗎？妳不知道的事情可多了……希望妳永遠都是對的吧。」

話落，葉靖陽轉身離開，消失於魏瀾的生命中。

那次的不歡而散，便是兩人最後的對話。

之後，魏瀾便沒有再與葉靖陽聯絡，只是聽說他出了國，而魏瀾也投身於艾偌，時間一長，便將這個人拋之腦後。

嘩啦。

魏瀾關上水龍頭，正走出廁間時，有道頎長身影擋在她的面前，魏瀾抬頭，便見到一張熟悉的俊顏，朝自己彎唇一笑。

「魏總。」

魏瀾眉梢微抬，點了下頭，正要邁步向前時，聽到本該踏入男廁的葉靖陽，忽地悠悠說道：「聽說，最近要召開董事會了，魏總有眉目嗎？」

聞言，魏瀾看向葉靖陽，見到男人俊逸的側臉，眉頭微蹙。

「你怎麼知道？」

葉靖陽聳聳肩，漫不經心地說道：「只要天天準時進公司，應該多少都會聽到風聲吧？」

魏瀾抿了下唇，一語不發地扭頭往前走，朝自己辦公室走去。葉靖陽看向魏瀾離去的方向，目光深沉，隨後似是想起些什麼，冷冷一笑。

蟄伏多年的準備，全為了這一刻。

蕭黎暄抵達英國一下飛機，就打了個噴嚏。

見狀，一旁的 Eliana 出聲調侃了幾句。「是不是魏瀾在想妳啊？真是妻管嚴啊。」

蕭黎暄揉揉鼻子，將臉埋進圍巾中，語帶絲絲幽怨。「九月的台灣還很熱，英國也太冷了……」

聞言，Eliana 失笑，伸手拉攏蕭黎暄身上的大衣，笑道：「妳該穿上羽絨外套了，怕冷的台灣女孩。」

蕭黎暄翻個白眼，兩人一路打鬧並肩出境，一走出機場便看到 Eliana 的團隊。

蕭黎暄用著一口流利的英文與對方寒暄，慶幸自己雖然學業成績平平，但自小就被父母要求精進英文，沒想到長大之後是用在這。

蕭黎暄是真沒想到有一天，她會來到英國與朋友合夥創業。

倘若說不擔心受怕肯定是騙人的，但是，更多的是興奮與期待——本來以為離了俐奧從此難翻身，沒想到能藉機一展長才。

蕭黎暄坐上 Eliana 的保姆車前往 Eliana 在英國買下的宅院，準備在異國展開新生活與新事業。

至於台灣的一切……蕭黎暄摸了摸項鍊上掛著的銀戒，思緒驀然回到那一晚。

意外在魏瀾家過夜後的隔天，蕭黎暄悠悠醒來，旁邊無人，蕭黎暄正在想昨晚一切是不是只是錯覺時，忽然發現食指上有異物感。

蕭黎暄抬手一看，竟有枚銀戒安安靜靜地戴在食指上。蕭黎暄先是一愣，隨後確認魏瀾不在家後，火急火燎地打了過去。

「魏、瀾！」

魏瀾一接起電話，便聽到蕭黎暄的怒吼。

「妳這什麼意思？哈？妳隨便就給人戴戒指——」

『沒隨便。』

人在外面見客戶的魏瀾淡淡應道：『我只會給妳戴戒指，不是誰都可以。』

「……」

這是說情話嗎？還是在陳述事實？

蕭黎暄一陣無語，又說道：「那妳沒問我同不同意——」

『我沒有要妳拒絕的意思。』

魏瀾自顧自地說著：『我會娶妳，只是不是現在，總之先訂下來。』

「……」

求問對象是個臭直男該如何解？

蕭黎暄避免自己一大清早高血壓，於是直接了當地掛上電話，魏瀾拿開手機，瞅了眼手機，目光柔和了幾分。

總之，就是沒拒絕的意思。在魏瀾的直男思維中，四捨五入就是答應了。

事實上，魏瀾的理解也沒有錯——蕭黎暄帶去英國的行李不多，銀戒便是其中一個，只是原本是戴在食指上，現在，她選擇掛到脖子上。

蕭黎暄離開時，魏瀾沒有去送機，蕭黎暄也沒想過什麼時候回台灣，這一走，或許就是幾年，可蕭黎暄的心底是踏實的。

總算可以毫無顧忌地去放手做了，蕭黎暄滑著平板，上面寫著密密麻麻的企畫，她迫不及待地想去做各式各樣的嘗試，證明自己不負此行、不負好友信任。

只是，在入住異國新家的第一晚，她還是想起了魏瀾。

而地球另一端的魏瀾正在會議室，站在董事們面前接受質問。

「魏瀾，沒有跟 Eliana 談到合作嗎？」

面對董事們的質詢，魏瀾如實地陳述狀況，見到對方臉色愈漸難看，魏瀾只感到困惑。

她不覺得高層會對這項合作如此重視，高層的態度更像是……刻意找茬。不過一場車禍休息了一段時間，怎麼好像換了間公司？

魏瀾一面聽著高層種種質疑，另一面細細想著葉靖陽的話，直覺認為其中應有不可分割的關係。

在對方噴完一輪口水後，魏瀾不鹹不淡地交代了幾句接下來的發展策略，只見對方陰冷冷地笑了一聲，話裡盡是不信任，下句擲落，彷若一把鋒利斧頭直直劈落。

「魏瀾，妳要是沒把公司放在心上，就換個人做。」

魏瀾皺起了眉，眼裡透著一絲寒意，直直地看著面前幾位高層，沒有一個人敢直視她，無不閃躲視線。

魏瀾輕吁口氣，欠了身，便離開了會議室。

魏瀾回到辦公室的第一件事情，不是找姜于彤，而是找來了人資與行銷兩個部門的主管，開了場會議。

本來以為會被叫去開會的姜于彤有些錯愕，莫名地感到惴惴不安，這是……察覺到了嗎？要在魏瀾眼皮下動手腳是有難度的，若不是前陣子魏瀾剛好因傷請假，給了姜于彤空檔，恐怕現在仍舊僵持不下。

心裡沒底的姜于彤傳了訊息給葉靖陽，而早在姜于彤通知前，葉靖陽便發現兩位主管被找去了。

在葉靖陽進公司前，公司大抵上只有兩派——魏瀾與魏瀾以外的，除了魏瀾之外，公司沒有其他更突出的領導者，而葉靖陽的出現，無形之中改變了這件事。

在葉靖陽鍥而不捨地貼近基層員工後，開始有了點支持聲量，尤其年輕女性居多，以及早已不滿魏瀾許久的男性資深員工，紛紛倒向葉靖陽。

而葉靖陽握有的最大籌碼，就是有兩位高層的支持。

魏瀾今天找來的兩位主管，都是公司前期的拓荒者之一，三人在頂層咖啡廳商談，魏瀾得到了意料之內的答覆。

「確實……最近有聽到不少人在討論葉靖陽，說對方年輕有為，又長得帥，還很體貼員工。」人資主管如此說道，為魏瀾感到忿忿不平。「拜託！加班請吃雞排就叫做大方嗎？是誰誓死捍衛我們的基本權益，讓我們脫離責任加班制的？」

另外行銷部門的主管也忍不住心中不滿，憤慨說道：「做做樣子就算了，他還會煽動大家情緒，表面上是在維護妳，實際上就是捧高自己而已！」

魏瀾靜靜地喝著咖啡，那些她懶得做也不屑做的事，大抵全被葉靖陽撿去表現了。那些魏瀾認為並不重要的——請雞排、飲料、春酒加碼……等等，都是些華而不實的東西，可人啊，還是喜歡那些表面上的虛華。

魏瀾無法說自己完全不感到心灰意冷，但也不太意外。既然大概知道了公司內部的情況，魏瀾也開始思考起對策。

倘若勢頭無法壓下，那麼，順勢而為吧。

「——我有個想法，妳們聽聽看。」魏瀾說。

「所以，妳現在跟魏瀾是什麼狀態？遠距離戀愛？」

「噗，咳、咳……」

用餐到一半的蕭黎暄險些被濃湯給燙著，她猛地喝了幾口冰水才緩過來，一雙美眸微慍，瞪著對面的合夥人，也是她的多年摯友 Eliana。

「才沒有遠距離戀愛。」蕭黎暄嘴上說著很篤定，可眼神飄移，透出一股心虛。

Eliana 眉梢微抬，不置可否地說：「不然呢？妳別以為我沒注意到妳項鍊上的戒指，那是魏瀾送的吧。」

蕭黎暄沒反駁，Eliana 就當她是默認了。Eliana 神情多了幾分玩味，單手支著下頷，笑吟吟地說：「哎，要是妳沒家室就可以繼續跟我住了。」

「我搬出去又不是為了魏瀾！」

「好好好。」

魏瀾簡直像是一個過敏原，只要提起一句某個美人就會全身炸毛，好以否定自己對於魏瀾的在意。

在蕭黎暄待了一個月後，她主動提到想搬來商辦大樓旁的樓房，原屋主欲移民故售屋，蕭黎暄上班經過時恰巧看到，於是有了這想法。

不過，即使沒有恰巧看到售屋貼條，蕭黎暄也不打算久住。Eliana 問起原因，蕭黎暄是這麼說的——

「妳又不是普通人，要是哪天被拍到跟我同進同出，妳不會惹上麻煩嗎？」妳確定怕惹上麻煩的人是我嗎？Eliana 看破不說破，笑了笑，幫著蕭黎暄找房。

午休時間，Eliana 與蕭黎暄時常到餐廳一同用餐，經過一個月，蕭黎暄大致習慣了英國人的辦公習慣，只是食物口味上仍需要點時間去適應。

英國什麼都好，就是有點懷念台灣的口味……當蕭黎暄嚥下最後一口燕麥麵包時，對 Eliana 說道：「魏瀾對我來說，大概就是台灣的食物吧。吃不到不會死，但就是，有點想念。」

不知道魏瀾聽到自己被比擬為食物做何感想……Eliana 望著蕭黎暄，拋出了困惑許久的問題。

「妳為什麼不聯絡她呢？」

提到這，蕭黎暄像是噎到一般，語塞了下才說道：「我都追著她八年了，換她追我不為過吧？」

好的，簡單說就是傲嬌。

Eliana 將午餐所附的美式一口飲盡，拿起托盤一面道：「妳知道的吧？接下來我要開始忙新專輯了，我們就看看是我的新專輯先完成，還是妳跟魏瀾先講到話。」

「……」蕭黎暄委屈，但蕭黎暄不說。

綜觀整體而言，Eliana 知道這兩人算是朝著正確的方向一同前進，只是……魏瀾到底是怎麼了？Eliana 總認為魏瀾不會這麼安分，一直不出聲才對。

除非，是在台灣有什麼事情纏身了，但到底是什麼事，Eliana 也沒有多餘的心思去關注，光是「創立品牌」與「籌備新專輯」這兩件事，足以令她分身乏術了。

而 Eliana 對於魏瀾的了解是正確的，她確實是不可能安分這麼久，一出聲就讓蕭黎暄的怒吼聲迴盪於整間辦公室——

「靠，妳說什麼？妳說妳現在在哪裡？」

正在回信給客戶的蕭黎暄氣沖沖地闔上筆電，走出辦公隔間，用著全公司都聽得見的音量朝著電話怒吼。

「你他媽是不是覺得我的時間不是時間？妳說到英國就到英國，妳有沒有想過我可能沒空？」

撂下狠話的蕭黎暄怒氣騰騰，拎著車鑰匙就往前走，直直地進了電梯。全公司上下在蕭黎暄走後，一致看向了 Eliana。

Eliana 聳聳肩，兩手一攤，吆喝大家繼續辦公，自己則是接過蕭黎暄的工作繼續完成。

談個戀愛還真是熱鬧啊。

◆◆◆

十月中旬的英國陰雨連綿，街道上隨處可見萬聖節裝飾，但蕭黎暄無心留心觀賞，開著公務車前往酒店。

「我真的是……真的是會瘋掉……」

人生地不熟的蕭黎暄不敢開快車，可心情就像是熱鍋上的螞蟻般急躁。她知道魏瀾不會騙她，正因為如此，她才深深地相信魏瀾真的來了。

悶不吭聲一個半月後，出現就出現……心臟不夠大顆，真的沒辦法跟魏瀾談戀愛。

經過半小時的車程後，蕭黎暄來到了魏瀾下榻的酒店，蕭黎暄下車讓服務生泊車，自己則是火急火燎地走進酒店。

本來以為她應該會被攔下，殊不知魏瀾早已打點好一切，蕭黎暄意外順利地直接上樓。直到走進電梯，蕭黎暄才緩過氣來，腦袋有些脹疼，眼眶發酸，心跳快得厲害。

蕭黎暄一直都在看回台灣的機票，不為別的，就是有點想吃台灣的食物了，以及，想見魏瀾。

那場相親的前八年，蕭黎暄對於獨自挺過這件事怡然自得，或許是未曾擁有，所以毫無懸念；可一旦擁有了，她不知道該怎麼調適心態，讓自己回到前八年的狀態。

蕭黎暄覺得這樣的自己很可笑，可她也無法控制自己，只得假裝不在意，可夜裡睡前她總是會點開魏瀾的頭貼看了看才願意睡下。

而這份委屈，走到了房間門前變成了憤怒。蕭黎暄一邊按下門鈴一邊想，魏瀾妳最好給我一個很好的理由去解釋妳消失的原因，以及，說來就來的任性。

喀啦。

門緩緩敞開，蕭黎暄抬眼，迎上一雙沉黑的眼眸時心跳漏了一拍，下一秒，有隻手將她拉進房裡，迅速關上——

「魏——唔……」

那突如其來富含侵略性的吻——甚至不能稱為是個「吻」，而是，啃咬。蕭黎暄在毫無防備的情況下被壓在門板上，那微涼的薄唇炙熱而燙人，毫無遲疑、毫無空隙地貼上她的唇，狠狠地吻住。

那個吻彷彿宣告些什麼，又急又燥，卻又帶著一絲隱忍的溫柔。魏瀾不想弄痛懷中美人，吻得綿密而繾綣，濕熱的舌尖在蕭黎暄微張開口時直直地竄入，細細吻過每一寸地，纏上對方的舌尖與之歡舞。

「魏瀾……」

那吻讓人渾身發軟，腦袋暈呼，蕭黎暄壓根沒想到一進門就被如此緊擁，她勉強睜開眼，見到一張精緻的、俊冷的五官薰染情慾，透出一絲縱慾的味道。

這樣的魏瀾，不過看了一眼，心口泛起陣陣酥麻，若不是腰際被扣住，蕭黎暄知道自己可能會站不住。

如果說，前一個半月的魏瀾像是一隻憑著野性做事的北極熊，那麼現在的魏瀾給她一種狩獵的錯覺。

蕭黎暄那時還想過，魏瀾是一隻呆萌的北極熊，然而此刻的強勢與侵略，徹底抹去了這種念頭。

什麼呆萌的北極熊……這令人暈頭轉向的吻，可一點也不呆萌可愛……

在蕭黎暄被吻得喘不過氣時，身上那人終於願意放開她，可那燥熱的唇仍有一下沒一下地吻著蕭黎暄的唇瓣。玄關上方有盞小燈，燈下的蕭黎暄雙唇被吻得紅腫水潤，像是一株罌粟盛開。

魏瀾眸色深沉，壓抑住繼續下去的渴望，啞著嗓說道：「妳說不結婚不上床，那我給妳戒指了算不算結婚？」

蕭黎暄勉強找回一絲理智，見到那精緻的冷色面容似乎壓抑些什麼，蕭黎暄瞇了瞇眼，伸手環抱住魏瀾的脖頸，水潤紅腫的唇貼上柔軟的耳珠，吐息若蘭。

「幹我，現在。」

◆◆◆

蕭黎暄身上沾染著英國街頭的潮濕，眸中有氤氳霧氣繚繞，令人看得心醉神迷。

褐色風衣下是貼身酒紅色高領毛衣，紅得似火，如魏瀾眸中那安靜燃燒的焰火，不過一眼，幾乎要將人吞蝕殆盡。

雙手輕易地圈住纖細的腰肢，衣料磨擦間肌膚泛起絲絲的癢，那手隔著毛衣順著腰腹線條向上，撫過之處如星星之火散落，蕭黎暄勉強維持站姿，背抵門板，隱約聽見房間外的走動聲，不禁輕咬下唇。

魏瀾瞥了眼蕭黎暄，那面上的豔色誘人，紅唇泛著水光，魏瀾再次吻上那雙唇，這次的吻與初見面時的吻截然不同，繾綣而綿密，溫柔而長情。

蕭黎暄幾乎要以為，這個人也同樣想念自己——但她可是魏瀾啊，是可以忍受孤獨寂寞長達一個半月的魏瀾。

思及此，蕭黎暄懲罰性地咬了下魏瀾的唇，像隻貓伸出了爪子撓人，魏瀾微微退開，眉梢微抬，唇角微勾。

「多咬一點啊。」

魏瀾再次貼近蕭黎暄，一手按住蕭黎暄的腰，將人按在自己的懷裡，一手摸上了胸前起伏之處，那毛衣相當貼身，將漂亮飽滿的胸型襯得極為美麗。手掌輕輕托起，五指收攏的剎那，蕭黎暄呼吸一凝，腰身一軟，險些滑下。

魏瀾緊貼懷中柔身，長腿伸進蕭黎暄雙腿間，另一手扯下高領毛衣，露出優美白皙的脖頸，魏瀾湊近，伸出舌尖輕輕舔舐。

蕭黎暄一顫，無力地靠在魏瀾身上，雙臂環上魏瀾的脖子，呼吸急促，吐息灼熱。魏瀾側過頭，手指撥開有些凌亂的髮絲，吻了吻蕭黎暄的臉頰，另手一邊伸進了衣襬。

玄關後是個沙發，魏瀾拉過蕭黎暄，將人按到沙發上，雙手撐在蕭黎暄上方。蕭黎暄仰頭一望，看見一雙幽深的眼眸。

酒店房內天花板上有個水晶吊燈，細碎的光彷若落進了蕭黎暄眼裡，如點點星河，魏瀾的視線下移，炙熱赤裸的視線在那明豔的面上寸寸拂過，高挺的鼻、紅潤的唇、迷人的下顎線條，再往下，是方才扯弄過的領子。

魏瀾忽而低下身，貼著蕭黎暄的耳畔，略低的嗓音淡淡響起。

「我喜歡紅色，跟妳說一聲。」

蕭黎暄臉一紅，低嚷了句：「誰在乎……」然後推了把魏瀾。魏瀾紋絲不動，手伸進衣襬中，摸上平坦的腹部，再往上，指尖若有似無地滑過內衣下緣，胸前起伏略略地跟著急快，這時，魏瀾的手往下深，兩指輕易地鬆開了背扣。

隨著背扣解開，胸罩一鬆，藏在衣下的雪乳更加顯眼，魏瀾微微挺起身，收回手，一手輕撫蕭黎暄的臉頰，另一手，拉高了毛衣——

紅豔的毛衣下膚若白雪，身下美人眉梢含媚，眼神迷離，身姿柔軟，本就明豔的面容更添幾分嫵媚。

魏瀾俯身低頭，微涼的唇落於胸口那片肌膚，彷若冷雨滴落於雪，蕭黎暄一顫，全身的感官匯聚於胸前那人的唇吻上。

魏瀾的動作是那樣不急不躁，吻落如風，陣陣拂過，吻過之處彷彿燎原，蕭黎暄感覺到體內似是有團火隱隱燃著，她不禁伸手撫上身上那人的後髮，下一刻，壓抑的低吟不小心自唇邊溢出。

「嗯……等……」

薄唇微張，含住了胸前乳粒，再伸出舌尖輕輕舔弄尖端，右手也摸上另邊雪乳，兩指輕捻粉嫩乳果，指尖繞著劃圈，時不時地以指腹擰揉頂端，蕭黎暄忍不住微微拱起身，呻吟甜膩。

「妳……」

魏灡沒停下，繼續往下，舌尖舔舐過平坦的腹部，她低身於卡其色的褲頭邊上，隱約能感覺到微微的濕熱，她抬眼瞅了蕭黎暄一眼，蕭黎暄忽然起身，壓到了魏灡身上。

嚴格說起來，是趴。是像隻優雅的貓跳到主人身上，撓一撓，抓一抓。蕭黎暄的手摸上魏灡深藍襯衫上的鈕扣，有一下沒一下地啄吻她的唇，低喃道：「妳不覺得我脫的有點多嗎？」

魏灡的唇角微微上揚，任著身上的美人將自己的襯衫全數解開。她伸手撥了撥那浪漫的波浪捲髮，拉過蕭黎暄的手，放到自己的胸上。

「妳別忘了，先被脫個精光的人可是我。」

蕭黎暄因為這話想起兩人關係進一步的那個夜晚，不過是數月之前的事，卻恍若隔世。

魏灡無消無息的這一個半月，偶爾，蕭黎暄會夢迴那晚，恣意地、毫無保留地憑心而做，天亮之後醒來恍惚地意識到不過是場夢時，空虛感更甚。

思及此，蕭黎暄再咬了下魏灡的唇，魏灡眉梢微抬，她怎麼不知道蕭黎暄這麼愛咬人？

不過，沒關係，她喜歡。

魏瀾一把拉起那酒紅色高領毛衣，隨意扔到了地上，再一邊脫下自己身上的襯衫一邊吻上那調皮愛咬人的唇。

魏瀾坐起身，蕭黎暄順勢跨坐到魏瀾大腿上，魏瀾的手托起臀，輕鬆地抱著人從沙發上站起，倒是蕭黎暄嚇得雙腿纏上魏瀾的腰，任著魏瀾將自己抱往床鋪。

柔身一沾上床，柔軟的床鋪立刻陷下，蕭黎暄修長的雙腿正要放下，魏瀾按住她的大腿，低身壓近蕭黎暄。

「等會也是要纏上來的，就別放了。」

蕭黎暄臉紅了下，含嗔瞪了魏瀾一眼，在那手放到褲頭上時，蕭黎暄呼吸一凝，隨即變得有些急促。

卡其色西裝褲下，是件雕花蕾絲紅色底褲。布料極好，褲底可見深色的水漬。蕭黎暄的輕喘彷若在壓抑些什麼，她並不希望自己在魏瀾面前處於弱勢，即便現在在人身下，她還是那樣要強。

可是在魏瀾挺直身，忽然扳開她的雙腿，吻落於大腿內側，自上而下，逐步靠近腿心處時，她還是忍不住扭動起了腰。

蕭黎暄見到那精緻的面容仍是那樣薄冷，眸色深沉，直勾勾地看著自己，忍不住就想伸手遮住那眼睛，可剛伸出的手，立刻落到了魏瀾的後髮上。

「嗯……哈啊……」

魏瀾的唇湊近褲底，試探性地親吻，淡淡的腥臊縈繞鼻尖，使她心念微動。這是，蕭黎暄也為自己情動的證明嗎？魏瀾的唇吻如根羽毛，輕輕掃過褲底每一寸，偶用舌尖輕點，蕭黎暄忍不住攏起了腰，激得眼眶蓄滿淚水。

魏瀾是那樣不急不躁，每個動作都像是在勾撩，掃過了敏感處，卻又不真正做些什麼。情慾陣陣如浪潮，花處一片泥濘，那本放在魏瀾後髮上的手拿起，改摸上自己的褲底，指尖挑開褲縫，低喘之間，兩字夾雜其中，直斷了魏瀾的理智。

「幹我。」

那扯下紅底褲的動作極快，魏瀾單手撐身，凝視著身下的蕭黎暄，另一手往下探碰上花處，晶瑩的蜜液沾染五指。魏瀾低頭吻了下蕭黎暄冒著薄汗的額際，兩指幾乎是毫無阻礙地滑進了花穴。

蕭黎暄拱起身，下腹有些脹疼，她抱緊身上的魏瀾，舒服地長嘆一聲，眼睛眨了眨，淚珠滑過眼角。

並不是疼得流淚，而是，好不容易。

魏攔注意到那淚水，側頭吻去了眼淚，再輕吻那吻得有些紅腫的紅唇，輕道：「抱歉，久等了。」

妳等了我八年，我知道。

蕭黎暄擺起了腰，似乎催促著體內的手指動作，魏瀾低笑一聲，兩指往前深入，淺淺頂磨，蕭黎暄的雙腿纏上了魏瀾的腰，柔身相貼，體溫滾燙，低喘與嬌吟不斷，迴盪整個房間。

魏瀾實際上並不知道該怎麼做，一切憑著直覺而動。魏瀾抬起蕭黎暄的腰，蕭黎暄身軟地配合，不過一翻身她便成跪姿，魏瀾從後再次伸入，深深地插入，再淺淺地抽出。

「哈——嗯……嗯啊——」

蕭黎暄的上半身低伏於床，抬高了腰，優美的背部線條映於魏瀾眸底，魏瀾吻上那後背，自下而上，憐愛地從後腰一路吻上後頸，在後頸處留了個紅印。

魏瀾貼上蕭黎暄的後背，輕咬著她的脖子，一手伸到胸前，張手握住盈乳，另一手配合著身下美人的擺腰，持續地頂磨著。

隨著次次的抽插，蕭黎暄繃緊了身，腿有些軟，魏瀾抱住了她，蕭黎暄躺回床上，魏瀾低下身，再次吻上那柔軟的唇。

蕭黎暄腦袋脹熱，渾身又燙又使不上力，像是落於一片汪洋上，她抱緊魏瀾，臉埋進魏瀾的頸窩，張口咬上她的右肩。

不知道被咬幾次的魏瀾輕笑一聲，緩下了抽動的動作，一手按住蕭黎暄的腰際，另一手，忽而深深地往深處頂撞。

蕭黎暄的呻吟變得破碎，難耐地合起腿，又很快地被扳開。那手掌抬起她的腰，見到那水潤的眼眸心念微動，沒想過那明豔自信的面容，會有如此嫵媚迷醉的表情。

既然見過了，便不願放開了。

更不願意讓別人見到這樣的她。

一想到要是有別人見過，胸臆間便有無名慍火蔓燒，不禁彎下身，於左胸口處的雪白肌膚吮吻，留下了紅印。

我的。

這是我的。

魏瀾一直過得寡淡冷薄，以為是自己天生缺少什麼，可原來是沒碰上喜歡的；一但碰上了，才知道自己有多貪婪。

蕭黎暄雙手捧起魏瀾的臉，下身承受著一次次的碰撞，一身柔情嬌媚，魏瀾吻上她，手微微地發疼，耳邊的呻吟也愈漸短促。

蕭黎暄的腦袋一片空白，在雲雨落下之時。

她捨不得閉眼，卻累得睜不開眼。不斷堆疊直升雲海之上的慾望淹沒二人，魏瀾小心地、輕柔地伸出手——

「等等。」

蕭黎暄拉住她的手腕，嗓音有濃濃的倦意，輕道：「我想……再感受一下。」

感受妳的存在，以及，這一切都是真實的。

魏瀾抱了下蕭黎暄，聽到蕭黎暄咕噥著說：「這一個半月妳肯定是上哪找女人了……妳這個壞蛋……」

「……？」

魏瀾瞅了眼懷中任意撒氣的女人，嗓音有著縱慾後的沙啞，淡淡道：「我沒有時間找女人——我自請降職了。」

蕭黎暄立刻掀開眼皮，愣愣地看著魏瀾。

◆◆◆

「什麼……意思？」

蕭黎暄就想起身，身子一動，立刻感覺到體內那手指跟著一動，她呻吟了聲，眼看某隻北極熊目光含著些許深意就要撲上來，她立刻拿開魏瀾的手，板起臉道：「怎麼回事？」

由於方見面時的思念太過濃烈，以至於蕭黎暄將所有理性拋之腦後，現在得到適時的紓解後，理智上線，美眸情慾消散，盈滿不可置信。

蕭黎暄這才注意到，魏瀾的眼眸之下有淡淡的青色，那是淡妝也無法掩去的疲憊，蕭黎暄抿了下唇，望著魏瀾。

「……妳是為了自己嗎？」

縱然蕭黎暄現在已從俐奧卸任，但仍保有基本的職業道德意識，作為艾偌曾經最大的敵手，蕭黎暄不覺得自己可以過問，但是，作為一個喜歡魏瀾的女人，她無法置若罔聞。

想了一圈後，蕭黎暄便問了這麼一句，令魏瀾意想不到的問題。

「為了自己」四個字，令魏瀾感到有些陌生——她一直以來做事都帶著全盤性的思維，這次的降職也是，她不確定是不是僅為了自己，或是，應該要為自己做點什麼才是正確的嗎？

那涼薄的面色露出難得的遲疑，蕭黎暄像隻貓似的趴到魏瀾的胸口上，等著魏瀾自己想清楚。

魏瀾抬手順勢撫摸蕭黎暄光裸優美的背部，一下，又一下，陷入了沉思。

半晌，魏瀾才說道：「為了所有人，包括我自己。」

魏瀾並不認為葉靖陽可以取代自己，並不是出於自信，而是客觀數據上來看，這是不可能的，但透過葉靖陽頻頻的動作，以及高層的放任，魏瀾幾乎敢肯定一件事——

老總想換掉她了。

更確切來說，是將這個位子換人。揣測上意並不難，真正的難處在於要提出一個雙贏的解決方式。魏瀾開始盤點手上握有的資源，以及現階段的艾偌所缺乏的項目。

艾偌久居時尚產業，在這個服飾業中占有一席之地，至今仍維護著品牌的優良傳統，吃著過去的老本，穩紮穩打地持續深耕產業……但這樣是遠遠不夠的。

艾偌必須要有突破性、象徵性的新項目。

「是妳給了我靈感。」

魏瀾望著蕭黎暄，神色清冷，目光卻異常炙熱。魏瀾不會說情話，她只會說實話，縱然如此，仍令蕭黎暄的心跳漏了一拍。

「妳不是問過我，想不想做服裝設計嗎？我並沒有打算回去做服裝設計，不過……」

「不過，妳不回去做，不代表不能讓別人來做。」蕭黎暄接話，魏瀾頓了下，讚賞地微勾唇角。

「是，既然總經理這位子未來可能坐不住了，那就另闢疆土吧。」

這是魏瀾能想到的，最佳的雙贏獲利模式。

從高層的態度來看，若高層真的有心要讓魏瀾走人，多的是方法，之所以讓葉靖陽步步進逼、不斷刺探，是要魏瀾有所自覺。

高層並不滿足於現階段的經營方式，卻又捨不得真把魏瀾放走，於是，魏瀾連夜擬出了全新的、艾偌從未發展過的項目——

「我以降職作為誠意與讓步，說服高層採納，之後，我就是個區經理而已，負責招攬原創設計師。」魏瀾說。

蕭黎暄明白，簡單一句話，背後藏著多少腥風血雨，蕭黎暄不禁有些氣惱，這下，她不知道該如何繼續對魏瀾生氣。

她看向魏瀾，見到那雙沉黑的眼眸炯炯有神，似有星點落進那雙眼裡，令人移不開眼。

一個半月……僅僅一個半月，蕭黎暄不敢想像這一個半月魏瀾過上怎麼樣的日子，定是忙得昏天暗地，一如自己當初全心投入搖搖欲墜的俐奧那般沒日沒夜的工作。

魏瀾伸手捋了下蕭黎暄的髮絲，視線下移，深沉的目光寸寸拂過光裸美麗的胴體，蕭黎暄一注意到魏瀾的視線，臉一紅，就要拉高棉被掩住時，一把被魏瀾按住。

「嗯，為了來見妳，這一個半月我很累，我需要補償。」

「……」

總覺得被人坑了，但沒有證據怎麼辦？

魏瀾接著以出汗為由，把人連哄帶騙地拐進浴室中。熱水灑下，嬌軟呻吟陣陣，迴盪於氤氳熱氣中，徹夜無眠。

近清晨，那張純白的床鋪上，有個身姿柔媚的女人慵懶地躺於床上，神色略顯疲憊，目光迷茫，另一個清冷淡漠的女人單手支身，微低身吻了下她的額際。

在朝陽冉冉升起之際，魏瀾輕道：「我這次，不能待太久。」

蕭黎暄閉上眼，伸出手抓住魏瀾的衣角，嗓音迷迷糊糊。「我知道……誰稀罕……快滾回去處理吧。」

早點塵埃落定，早點再次相聚。

魏瀾拉高蕭黎暄身上的棉被一同躺下，聽著身側均勻平穩的呼吸聲，跟著閉上了眼。

不虛此行。

台灣，艾偌辦公室。

「這到底是怎麼回事？」

一道憤懣的年輕男聲在會議室響起，幾位西裝革履的年長人士齊看著站在他們面前的男人，那男人怒不可遏地瞪著眼前董事，語調揚高幾分道：「這跟當初我們談的不一樣！」

「我們談了什麼嗎？」一位帶著銀框眼鏡的長者，直直地看著面前年輕人，淡淡道：「我們承諾過什麼嗎？」

一句話便使葉靖陽住了嘴，雙眼睜大，卻發不出聲。

「你表現你的野心，我成全你，讓你出國進修學完了再回來。現在，你既在艾偌當經理，魏瀾之後也會降職成區經理，這有什麼不對的嗎？」

「魏瀾是自願的——」

一道凌厲的視線掃來，葉靖陽立刻噤聲，默不吭聲，憋屈在心裡不敢大聲。自己正要冒頭，以為終於可以將魏瀾從上位拽下取而代之，然而，魏瀾卻先一步自己走下，直走往他處發展。

單論結果確實與他原本的目的是相同的，但本質上是不同的……葉靖陽咬了咬牙，一時間無言以對。

魏瀾向高層提出了開設新品牌的想法，規劃一系列完整的策略發展，同時架構了多元的獲利模式，那些見錢眼開的高層是不會輕易攆走仍保有商業產值的魏瀾。

但這不是葉靖陽所期待的劇本。

葉靖陽悻悻然地離開會議室，前腳方踏出便聽到了裡面的高層不諱言地討論自己有多血氣方剛、不諳世事，葉靖陽忍住了甩門的衝動，闔上門後大步離開。

口袋中的手機一陣振動，葉靖陽拿出一看，是姜于彤的訊息。他煩躁地嘖了聲，選擇不讀不回。

遲遲等不到回覆的姜于彤有些慌，近期她的上司的魏瀾頻頻找來其他部門的主管協商開會，自己總是被屏除在外，交給她的工作盡是那些不痛不癢的雜事，魏瀾不清不淡的態度幾乎要逼瘋了她。

而更令姜于彤感到焦慮的，是葉靖陽明顯的疏遠……姜于彤放下手機，按著眉心，覺得自己似乎走入了死胡同裡。

姜于彤長吁口氣，查詢魏瀾回台的班機時刻表，決定親自去一趟機場接機，可沒想到，她會一次接到兩個人——

「Lan——嗯？蕭、蕭黎暄？」

人在機場接機大廳的姜于彤一見到魏瀾身後的蕭黎暄不禁僵住，不可置信地看著一同出境的二人。

這是……怎麼回事？

◆◆◆

艾偌公務車上，有個三個女人。

坐在前方駕駛座上女人染著酒紅色紅髮，綁著高馬尾，一身純黑職業西裝套裝，正在試圖專心開車，好以讓自己忽略後方兩名女人。

後座兩個女人一身風塵僕僕，其中一個女人身穿褐色長版風衣，一頭浪漫波浪捲髮，正有些不自在地看著車窗外睽違一個半月的台灣街頭；另一個面色冷淡的女人顯得自在不少，單手支頭微靠車窗，另一手若有似無地觸碰旁人的大腿，惹來一記狠狠的瞪眼。

被人這麼一瞪，魏瀾唇角微揚，顯然沒有要收手的意思，那隻手更加放肆地摸上膝蓋，蕭黎暄翻個白眼，伸手直往魏瀾腰間擰了一把。魏瀾微蹙眉，這才不甘願地收手。

……這到底是怎麼回事？

人在駕駛座上的姜于彤於紅燈前分神地往後座瞄幾眼，愈看愈不對，全身直冒冷汗。

在她的印象中，自家 boss 與蕭黎暄相當不對盤，見面應該就要互扯頭髮、大打出手才是，怎麼這兩人不但一同入境，互動甚至像情侶打鬧一樣？

……情侶？

一想到這個詞彙，姜于彤打個冷顫，暗暗深呼吸後，主動開口說道：「Lan，妳要回公司一趟嗎？」

「不，送我去醫院。」魏瀾說道。

聞言，姜于彤一愣，點點頭，視線在蕭黎暄與魏瀾來回掃了眼，小心翼翼地問：「那妳們這是……」

魏瀾雙手抱臂，車內溫度瞬時驟降幾分，姜于彤立刻感到一陣寒意竄上心頭，下一刻，魏瀾便說道：「妳要先解釋一下妳跟葉靖陽的關係嗎？」

姜于彤一怔，握著方向盤的手忍不住顫抖，這令人窒息的氛圍讓蕭黎暄實在很想打開車門跳下車遠離。

她對於別人公司的內鬥真的毫不感興趣啊啊啊！

所幸，魏瀾指定的醫院正位於市區中心，不過一會姜于彤便將二人安全地送到醫院，隨後驅車離去。

車一走，蕭黎暄便揶揄地道：「希望車上備有足夠的衛生紙，我看她快被妳嚇哭了。」

魏瀾聳聳肩，對於蕭黎暄的調侃不置可否，淡淡道：「希望妳等等見到我爺爺也是這麼伶牙俐齒。」

「……」

誰喜歡魏瀾誰倒楣！

一提到魏濂卿，蕭黎暄便感到太陽穴隱隱抽痛。蕭黎暄原本真沒打算這麼快回到台灣，然而，計畫趕不上變化，就在魏瀾打包行李準備回台灣的前一天，接到了一通遠洋電話。

那是來自魏瀾的親奶奶胡琇盈的電話。

『妳爺爺住院，妳明天回台灣直接去醫院一趟吧。』胡女士如此說道。

聽到魏濂卿住院的消息讓魏瀾有些訝異。在魏瀾印象中，魏濂卿的身體一向相當健朗，鮮少進出醫院，這次胡女士特意打來通知的情況實屬少見。

魏瀾接到電話時，蕭黎暄恰巧在旁邊，得知魏濂卿住院的消息後，蕭黎暄陷入了猶豫。

蕭黎暄覺得自己應該要去一趟，但就這麼去了，是不是太唐突？正當蕭黎暄還在掙扎時，一旁的魏瀾忽然拿出手機不知道打些什麼，不一會，蕭黎暄便收到入帳通知。

「機票錢我出，妳人來就好。」

「……」

跟個臭直男談戀愛真的太難了。

蕭黎暄嘆口氣，打給夥伴討論了下工作排程後，便訂了與魏瀾同班飛機，睽違一個半月後回到台灣。

不知怎麼的，總有種見家長的錯覺……蕭黎暄說服自己不過是來探望認識的長者，並沒有其他意圖，然而，在魏瀾牽著她走進單人病房，見到魏濂卿時魏瀾說的第一句話，險些讓蕭黎暄崩潰逃出病房。

「這你孫媳婦。」魏瀾說。

「……」

一句話炸得整間病房靜默無聲，病床上的魏濂卿摘下眼鏡，床旁的胡女士正剝橘子的手不禁停住，齊看向魏瀾。

而魏瀾身旁的蕭黎暄臉色一白，腦海一片空白，腦袋當機之際，魏濂卿擰眉，怒斥道：「我是這樣教妳的？沒給人家實質上的名分就這樣喊人老婆，妳好意思吃人家豆腐啊？」

「……？」

蕭黎暄回過神，這位老人家的重點完全錯了吧等等！蕭黎暄不知道該先崩潰魏瀾沒給她一點心理準備就這樣出櫃，還是該崩潰老人家的進程太快，認為應該要先去結婚——魏家的人是不是腦袋都讓人跟不上！

被這麼怒斥一番的魏瀾也不惱，細想了一番覺得挺有道理，點點頭，轉頭就對著蕭黎暄說道：「我不介意現在提親拜訪然後去登記。」

「我介意！」

蕭黎暄沒忍住地對著魏瀾怒吼，見狀，胡女士忍俊不禁，起身走向她倆，對著蕭黎暄說道：「別介意，習慣就好。謝謝妳來一趟，搭機辛苦了。」

蕭黎暄愣了會，收起崩潰暴怒，對著面前氣質婉約的女士微微欠身，這是她第一次見到魏瀾的奶奶，也不知道自己該以什麼身分打招呼，思忖了下，隨即道：「魏先生身體還好嗎？」

話落，蕭黎喧見到胡女士臉上閃過一絲無奈，她轉頭看向魏濂卿說道：「你自己說這是怎麼回事。」

床上的魏濂卿哼了聲，理直氣壯地說道：「我這是預防性告知，搞不好我建檢完就倒下了。」

蕭黎喧聽得一頭霧水，倒是魏瀾很快地反應過來，無語了會，淡淡問道：「你想見我們下次直接說。」

「我想見的不是妳。」魏濂卿說道。

「……」魏瀾這下能百分之百肯定她的親爺爺肯定沒事。

魏濂卿望向蕭黎喧，直直地看著那明豔的面容，看著兩人站在一起的模樣，唇角微揚，說道：「魏瀾，去幫我買燒仙草。」

魏瀾眉梢微抬，就要站到蕭黎喧的面前擋下時，迎上了胡女士的目光。

那眼神似乎是要自己放心，於是，魏瀾轉頭對著蕭黎喧說道：「妳要跟我一起去買，還是，在這等我？」

魏瀾儘管面色冷淡，可語氣相當堅定，認真道：「妳開心就好，不要顧慮別的。」

蕭黎喧的視線掃過胡女士，見到對方友善的微笑，不知為何地放下心來，再看看魏濂卿炯炯眼神的雙眼，她便說道：「我在這等，妳去吧。」

話落，魏瀾看了眼魏濂卿，讓胡女士主動挽起自己，兩人一同轉身踏出病房，留下蕭黎喧與魏濂卿單獨在病房裡。

在病房門關上後，蕭黎暄挺直背脊，直面病床上的魏濂卿，先一步說道：「剛好，我也有問題想私下請教您。」

◆◆◆

魏濂卿對蕭黎暄的第一印象，便是這女孩相當很倔強，那倔性絕對不輸魏瀾，只是兩人仍有本質上的差異——蕭黎暄會心軟，魏瀾不會。

蕭黎暄總給魏濂卿莫名的矛盾感，看似強勢卻又心地柔軟，做事果斷又總給人留後路；當蕭黎暄遇上了魏瀾，那種矛盾感更加強烈。

站在魏瀾身邊看似是倚靠，可當真遇上事情了，反倒給人是她養著魏瀾的感覺……這種落差感對魏濂卿而言相當有趣。

思及此，魏濂卿微淺哂，神態自然，指了指方才胡琇盈所坐的地方說道：「別站著，坐吧。」

蕭黎暄從善如流地走了過去，一坐下，病床上的魏濂卿接著道：「看來我們對彼此有很多話想說。妳先吧，妳想問些什麼？」

蕭黎暄微仰頭看向病床上的魏濂卿，縱然精神看似不錯，但那強掩的疲憊蕭黎暄看得一清二楚——這點與魏瀾如出一轍。

既然魏濂卿主動開口，蕭黎暄便直接問道：「您的身體……是真的無恙嗎？」

話落，魏濂卿嘴角的笑容僵了下，默了會，那淺淺的弧度趨於一直線，他收起似笑非笑的臉色，布滿皺紋的手於大腿上交握，指節規律地敲擊床架。

一下，又一下。

那短暫的沉默對於蕭黎暄而言是那樣漫長，心頭隱隱的不安逐漸擴大，再她將要按捺不住時，魏濂卿終於開了口：「人終將有一死，妳我都知道。」

蕭黎暄一怔。

外頭的暖風溜進半掩的窗，窗簾隨風徐徐搖曳，午後陽光輕薄，落進了病房。床上的長者半身沐浴於陽光中，臉上帶著釋然且無懼的笑容。

「——所以，我很高興魏瀾選擇的人是妳，我很放心。」

因為我知道，妳是真心愛著她，下半輩子，妳會陪著她走向人生末途，永不離棄。

簡單一句話，讓蕭黎暄不禁紅了眼眶。兩人默然無語，卻又彷彿道盡了千言萬語。

魏濂卿向蕭黎暄說起了往事，當提到魏瀾的父母親，魏濂卿並未著墨太多，只是在魏瀾回來前，說了這麼一句話。

「不用擔心，我只是想讓妳知道，無論我是活著還是死了，都不會有人傷害妳們的。」

「結婚也好、登記也罷，甚至就這樣同居一輩子也沒有關係，只要妳們有彼此，日子過得開心快樂就好了。」

這才是他真正想讓蕭黎暄知道的事。

當魏瀾拎著兩袋燒仙草打開病房時，見到的畫面是這樣的——

一長一孫和樂融融地聊著職涯分享、產業分析、經商之道、流行趨勢……云云，魏瀾差點就要以為自己走到了職訓中心。她拿著燒仙草默默走近病床，又跟魏濂卿鬥嘴幾句後，她被魏濂卿攆出病房，順道帶上了蕭黎暄。

兩人走在醫院長廊上，不著邊際地聊了幾句話，直到進了電梯直下一樓再跨出時，蕭黎暄才說道：「妳不問我嗎？」

走在前面的魏瀾不假思索地應道：「如果有必要讓我知道，妳想說就會自己說了。妳是個大人，不是小學生，不需要我強迫妳、規範妳吧。」

蕭黎暄低下眼，視線落到魏瀾那修長纖細如純玉般的手，情不自禁地握住，而魏瀾也立刻回握她，緊緊的。

蕭黎暄總是嘴上嫌魏瀾就是個臭直男，還是個戀愛白痴，但實際上到底該如何去喜歡一個人，蕭黎暄同樣一無所知，可幸好，她的戀愛對象是魏瀾。

走到醫院中庭，蕭黎暄想起兩人最初的那個吻，當下的糟心感湧上心頭，一旁的魏瀾似乎也察覺到了她的異樣，因而停下腳步。

四目相迎的瞬間，蕭黎暄的目光落到了魏瀾的唇上，而魏瀾凝視著蕭黎暄，似乎也想起了那日的吻。

魏瀾思忖了下，驀然說道：「對於那天的事，我沒有後悔過，雖然可能不浪漫。」

「把『可能』去掉。」蕭黎暄打斷魏瀾的話，直接了當地說道：「是糟糕透了。」

魏瀾低笑幾聲，將人拉進懷裡，彎身擁抱蕭黎暄，緊緊抱著這個險些錯過的女人。感受到蕭黎暄的體溫，魏瀾滿足地低嘆一聲，語氣低緩而認真。

「從今往後，我的每一天都是妳的。」

蕭黎暄嘆口氣，唇角微笑染上幾分無奈，雙手輕輕覆上魏瀾的後背，語調微揚。

「本來就是我的。」

既是事實，何須聲明。

魏瀾點點頭，淡淡回了個：「也是。」便鬆開擁抱，自然地牽起蕭黎暄的手，走往停車場。

上車前，魏瀾仰頭看了眼天空，頂上萬里無雲、一片澄澈，讓魏瀾想起了大學時的那個午後，有個俊朗乾淨的青年來到了圖書館前，擋住了自己的去路。

那名青年自信昂揚、態度傲然，可當時的眼神，甚至在那之後的每一日，看著自己的目光一如既往的專一認真。

那三年間，青年並沒有做錯什麼，唯一做錯的，是最一開始懷著別樣的企圖接近自己，可青年也受到了應有的懲罰。

「魏瀾？」

聽見蕭黎暄的喚聲，魏瀾回神，低身進了轎車中，一繫上安全帶，蕭黎暄便聽到魏瀾忽而問道：「蕭黎暄，妳恨葉靖陽嗎？」

蕭黎暄不假思索地搖頭，目光有些茫然，語帶遲疑地說道：「不恨，應該說……雖然曾經感到不甘心，但是，已經是過去的事了；既然都說是『過去』了，就該讓它過去吧。」

「過去」啊……

蕭黎暄追問了緣由，魏瀾搖搖頭，一邊發動轎車，一邊說道：「沒事，我只是想到自己還有事情沒有做。」

一件，早在幾年前就該做的事。

◆◆◆

得知蕭黎暄短暫回台後，許久未聯繫的簡祕書打給了蕭黎暄，表示希望能共進午餐，蕭黎暄答應了。

兩人約在市區新開的餐酒館，當蕭黎暄一見到簡祕書，美目圓睜，訝異道：「天啊！妳是誰啊？妳也變得太美了！」

聞言，簡藝玟臉紅了下，那得到稱讚就手足無措的模樣令蕭黎暄懷念地勾起唇角，果然眼前的人仍是她所熟悉的那個簡祕書……不對，現在應該要稱呼為「杜夫人」了。

兩人一坐定，蕭黎暄率先道：「我聽說了，妳跟 Jason 要訂婚了，恭喜，他是很棒的人，妳未來老公是他我很放心。」

提起男友，簡藝玟紅了紅臉，神色洋溢幸福喜悅。她連聲感謝蕭黎暄，若不是當初有蕭黎暄的引薦，她也無法進入公司，更不可能認識蕭黎暄口中的 Jason，也就是她的現任上司、穩交男友，以及，未來的丈夫。

許久未見的二人相談甚歡，簡藝玟也問起了蕭黎暄的近況，蕭黎暄也大方地分享目前在英國的事業。

瞧蕭黎暄眉飛色舞的模樣，簡藝玟是真心為蕭黎暄感到高興。

這頓飯吃下來毫無冷場，直至蕭黎暄起身付帳都眉開眼笑的，可就在蕭黎暄結完帳後準備轉身離開時，餘光瞄見了一個人。

那個女人看上去特別眼熟，一身清冷、神色淡漠，正坐在餐酒館角落，而她並非獨自用餐，她的對面坐了個人，而那個人，蕭黎暄也認得。

那是魏瀾與葉靖陽。

魏瀾主動約了吃飯，在認識這麼多年以後。

第一時間聽到魏瀾打來的內線，葉靖陽僵了幾秒，恍惚之間便答應了魏瀾的午餐邀約。電話掛上後，葉靖陽看著自己手上的話筒發愣。

那真的是魏瀾嗎？

葉靖陽憶起交往的那三年間，總是他主動付出，而魏瀾總是被動地接受，照單全收，兩人這樣相處下來倒也相安無事。

但，男女之間的交往僅止於相安無事，是不夠的。

葉靖陽本來以為，是因為魏瀾的性子本就寡淡冷情，至少除了自己以外的人也沒見過魏瀾接受，他甚至曾為此竊喜，現在想來，當時的自己不過是沉溺於幻想之中。

當他向魏瀾提了分手，不是真的想分開，只是，想知道魏瀾會做何感想……可魏瀾當時的表現卻是那樣無關緊要，甚至擺出了勝利者的姿態，提出了當年荒謬可笑的賭約。

原來這三年間都是一場賭局。

確實，是葉靖陽輸了。

「葉經理。」

聞聲，葉靖陽回神，接過下屬遞來的公文，他看了眼時鐘，將文件擱置到手邊說道：「我下週一處理。」

五點整，葉靖陽關閉電腦螢幕，站起身，整理領子與袖口，踏出辦公室。

在前往約定的餐酒館的路上，葉靖陽有種回到大學時的時錯覺。大學期間，他也曾這樣常常朝著魏瀾奔赴而去。

不同在於，總是他主動問魏瀾在哪，他再去找她。

在男人踏進餐酒館時，魏瀾似有所感地抬起頭，與男人對望。在魏瀾無聲地的注視下，男人走近，在魏瀾對面的空位坐下。

男人一身西裝筆挺，儀容乾淨，長相俊秀，無論是過去抑或是現在都深受異性歡迎，雖然魏瀾並不在其中，但就客觀的角度來看，葉靖陽的外型確實不錯。

這樣的男人，被自己耽誤三年啊。

魏瀾招來服務生，點完一輪餐後，葉靖陽喝了口水，主動道：「魏總有什麼話想跟我說的？還是，應該要叫妳『魏經理』？」

魏瀾自請降職一事，目前未在公司內部傳開，僅有少數幾位核心高層知道，魏瀾更加確定葉靖陽確實與高層幾位人士有勾結。

但是，這已經不重要了。

魏瀾喝了口花茶，瞄了眼不遠處正與前祕書相談甚歡的蕭黎暄，收回視線，落到男人俊逸的臉上，忽而道：「抱歉。」

葉靖陽拿杯的手一顫，險些灑出。他腦海一片空白，微微擰起眉。

那涼薄的面上仍舊平靜，可眼神卻相當認真，讓葉靖陽不得不信此話為真。不知為何地，葉靖陽心頭湧上莫名的憤怒，各種負面情緒瘋長，他咬著牙，雙眼一紅。

「妳怎麼可能……妳以為跟我示弱，我會停止攻擊妳的行為嗎？就算妳自請降職，之後我肯定會繼續打壓妳、針對妳，我不會讓妳好過——」

「無所謂，我不在意。」

一句冷淡而無謂的話，徹底讓葉靖陽語塞，這跟他所想的不一樣……而魏瀾仍舊平靜，淺淡而真摯地說道：「道歉並不代表低頭或示弱，僅是我認為應該這麼做。」

魏瀾看進葉靖陽的眼裡，見到男人的茫然、憤怒、質疑與悲傷，那是魏瀾終於能明白的情感。

在她終於也有了自己喜歡的對象，她終於能體會到何謂七情六慾，何謂快樂與不幸。男人的不幸，她有一部分的責任。

眼前的魏瀾讓人感到無比陌生，葉靖陽一時之間不知道該如何反應，又聽到魏瀾繼續說道：「那三年這樣對你，我很抱歉。」

在與蕭黎暄走在一起後，她明白在人與之間的交往中，有些行為會讓自己的感受不好，然而她卻對著葉靖陽做過類似的事情。細細想了一圈後，魏瀾認為自己有錯。

既然錯了，那就道歉。

不是為了求得原諒，不過是為了自己的行為負責。

道歉是單方面的責任，並非雙向的以一換一，魏瀾明白這道理，所以，無論葉靖陽的態度有多麼惡劣，魏瀾都不在意。

而葉靖陽在聽到遲到多年的道歉後，放在大腿上的雙手攥緊幾分，神色複雜，最後，頹然一笑。

「這算什麼啊……」

魏瀾直直地望著對面的男人，忽然覺得男人的身影有些單薄，彷彿失去了什麼似的。

當餐點送上之際，葉靖陽才再次開了口說道：「不要再讓我聽到妳的道歉了，這是我唯一的要求。」

魏瀾低下眼，拿起刀叉，切著盤中的魚排，一邊瞄向不遠處的蕭黎暄，再看了看時間，淡淡道：「那我也能提出個要求嗎？」

聞言，葉靖陽抬眼，眼神無聲詢問魏瀾。當魏瀾提出了請求後，葉靖陽一怔，思忖半晌，點點頭。

眼看約定的時間將至，魏瀾放下刀叉，抽幾張衛生紙擦拭唇角，方拎包站起身，隨即聽到葉靖陽微低的嗓音，帶著幾分疲倦地說道：「以後各過各的吧。」

魏瀾頓了下，低眼看向男人俊逸深邃的五官，她明白兩人終是無法盡釋前嫌，各自安好便是最好的結局。

魏瀾應聲好，提步離開座位走向大門，再沒有回頭看一眼。倘若魏瀾回頭了，也許就會見到男人抬起手臂，用衣袖抹了下眼眶。

魏瀾走出餐廳大門，便見到自己祕書姜于彤匆匆趕來。魏瀾指著餐廳一隅說道：「在那，妳進去吧。」

「咦？」姜于彤怔怔地看著魏瀾，細眉蹙起。

「不是您叫我來的嗎？」

「但妳該找的人，不是我。」魏瀾直直地看著姜于彤，看著這個自己曾無比信任的貼身祕書，內心有些感慨。

魏瀾仍記得，姜于彤成為自己祕書的那一天，姜于彤臉上滿溢欣喜，歡快地說著會永遠跟隨自己……魏瀾相信在那當下，姜于彤是真心的，只是……沒有什麼事情能持續永遠。

「我也有自己想見的人，所以，先這樣吧。」魏瀾說。

姜于彤不敢忤逆上司，與魏瀾別過後便怯怯地走進餐酒館，很快地在角落見到葉靖陽的身影，她顫了下，朝葉靖陽走去。

姜于彤剛要坐下，隨即聽到葉靖陽說道：「我這個人個性很差，但，我很重視自己給出的承諾，所以……」

葉靖陽抬眼，面無表情地說道：「我們就到這吧，一直以來我都只是在利用妳而已。」

姜于彤怔忡，巴掌大的清秀小臉浮現悲傷與惆悵，她坐了下來，澀然一笑。

「無妨，我也有話想跟你說……」

魏瀾與姜于彤別過後，左顧右盼了下，沒見到蕭黎暄，於是朝著停車場走去。經過公園，魏瀾無意間掃了一眼，隨即停住。

公園裡有兩座鞦韆，上面都坐了人。兩人正面對面相談甚歡，其中一人魏瀾認得，那正是她在找的女人，可另外一個抱著小狗的人，魏瀾不認識。

不認識不打緊，要緊的是，蕭黎暄挨得很近，兩人有說有笑，蕭黎暄的手在人家腿上沒離開過。

魏瀾冷下臉，朝著蕭黎暄大步走去，愈是走近，愈是覺得入耳的笑聲刺耳。當魏瀾踏上軟墊，朝蕭黎暄喊了聲後，蕭黎暄才抬起頭看向魏瀾。

見到魏瀾，那名短髮、身材高䠷的女人抱著小狗站起身，朝魏瀾微笑，主動打了招呼。

「妳好。」她隨即側頭看向蕭黎暄，用著悅耳的嗓音輕問道：「妳朋友嗎？」

蕭黎暄看了眼魏瀾，瞧魏瀾難看的臉色，再想想這人在餐酒館的行徑，聳聳肩答道：「嗯，朋友。」

話落，魏瀾的臉色更加陰沉，周身溫度彷若驟降幾分，若不是有蕭黎暄在，女人想自己恐怕會抱著小狗往後退一步。

不過，正因為有蕭黎暄在，她便感到相當安心，主動拿出名片遞給魏瀾。「我朋友都叫我

『Ellen』。」

魏瀾本就要無視，但感覺到一旁摻著殺意的目光，默默收下對方名片，再掏出自己的以作為交換。

見到魏瀾乖巧的模樣，蕭黎暄滿意一笑，朝著 Ellen 說道：「那我先跟朋友走了，有機會再見。」又彎下身對著女人懷中的狗狗說道：「拜拜，查查。」

在女人走後，魏瀾朝蕭黎暄大步一跨，伸出手握住蕭黎暄的手，直接說道：「妳摸人家。」

蕭黎暄翻個白眼，很快地接道：「——人家的狗，好嗎？」

「但妳說我們是朋友。」

聞言，蕭黎暄抬起頭，直直地看進魏瀾的眼裡，語氣挑起幾分。「是朋友啊，所以不用報備行程，也不用解釋自己做了什麼，不是嗎？」

魏瀾皺眉，見到那明豔的面容浮現的怒氣，鬆開了手，改用雙手捧起蕭黎暄的臉，急遽靠近。

「妳幹什麼——」

「這是最後一次了。」

蕭黎暄噤聲，目光撞上那雙眼眸中的熠熠星點，胸口酥麻一片，又聽到魏瀾悶聲低道：

「我不知道要說。」

蕭黎暄嘆口氣，其實她也知道魏瀾不會刻意隱瞞，多半是壓根沒想到要報備，蕭黎暄不禁感嘆，養隻北極熊怎麼那麼難……

「那，可以不是朋友了嗎？」儘管魏瀾放軟語氣，可是那動作與語氣分明步步進逼蕭黎暄，而蕭黎暄也不是什麼瑪莉蘇女主角，她挑眉，反問道：「憑什麼？」

這反問問得魏瀾一愣，陷入了思考中。蕭黎暄再次感嘆要個直男談情說愛實在太難了，這麼簡單的問題也可以答不出來，真的是……

「因為我想不到要怎麼不喜歡妳，以及，妳以外的人我都不喜歡，所以，如果我們只是朋友，我會很困擾。」魏瀾說。

女朋友可以換，老婆也可以離，但「喜歡」這事，魏瀾只給了蕭黎暄。

晚風拂過臉頰，帶走了頰邊熱氣，蕭黎暄抿了下唇，輕吁口氣，主動牽起魏瀾的手，走往停車場。

蕭黎暄似乎感覺到魏瀾的欲言又止，停下腳步，轉頭微踮起腳尖，仰頭親了下那微涼的唇。

這就是她的答案。

兩人並肩前行了一段路，在抵達車位之前，蕭黎暄停下，看向了魏瀾。在魏瀾疑惑的視線下，蕭黎暄忽而鄭重地、認真地說了聲「好」。

魏瀾茫然地看著蕭黎暄，迎上蕭黎暄含笑的目光，忽然像是想起什麼，微微瞠大眼，快步走向蕭黎暄，用力抱了她，緊緊的。

「蕭黎暄，未來有一天，妳能讓我成為妳的家人嗎？」

「好。」

◆◆◆

兩年後，台北時裝週。

為期八天的時裝週於台北流行音樂中心舉辦，期間匯聚全球頂尖時尚品牌齊聚一堂，此次時裝週參演項目包羅萬象，不只放眼全球，同時延伸到了在地的大專院校，讓新生代的設計師與新品牌皆有機會展露頭角。

其中展演項目包括跨足時尚領域的英國歌后 Eliana 所創立的自有品牌「EA：L」，其設計團隊總監來自亞洲，也是本次時裝週的地主國台灣。

這位台灣總監精準掌握英國民情與喜好，快速在當地打下品牌根基，行銷靈活富有創意，帶起了一陣又一陣的風潮，引起無可抵擋的時尚潮流。有人說，Eliana 這是名利與愛情兩兩雙收，然而受訪時 Eliana 卻這是這麼說的——

「我也希望如此，可惜，這是不可能的。」

口中說著「可惜」二字，臉上卻毫無憾意，滿臉春風，讓人忍俊不禁。而能讓這名英國歌后露出滿意微笑的女人，也領著設計團隊從英國遠征本次時裝週，企圖繼續擴大ＥＡ：Ｌ的事業版圖。

在時裝週上，展露頭角引起話題的，不只有打著 Eliana 名號的ＥＡ：Ｌ，另一個同樣是近兩年快速崛起的新創品牌同樣惹眼。

那便是時尚產業龍頭之一的艾偌，全新打造的新品牌「ＡＩＪＯ」，艾偌跳脫了傳統龍頭的思維，在維護優良傳統的同時，也在ＡＩＪＯ裡尋找更多嘗試各式各樣的可能，主打「唯一原創」，不採用人人趨之若鶩的頂尖設計師之稿，也不與ＫＯＬ聯名，而是尋找「獨特、獨立、無可取代」的無名設計師，將這些設計師推上浪潮之尖。

這種破壞性的革命思維很快地引起業界注意，同時引起了廣大的討論，而幕後推手便是原來艾偌的總經理，走下了總經理之位，親自引領一群沒沒無聞卻富有才華的設計師，挑戰時尚界的威權。

不斷挑戰、不斷前行，不再固守城河，而是向外開疆闢地，走出了不一樣的道路。

這次的台北時裝週，ＡＩＪＯ也沒有缺席，結合科技與時尚，再搭配建築與光影，帶來了一場令人難以忘懷、印象深刻的時裝走秀體驗。

而參加台北時裝週的，也不只有這些立於業界的品牌，也有新生代的年輕設計師投入其中，披著學校戰袍展露設計才華，在時裝週的舞台上盡情揮灑無限創意，而參與其中的大專院校學生，包括受到蕭黎暄與魏瀾啟發的 Ellen。

在兩年前的某日晚上，她奇遇般的碰上了蕭黎暄與魏瀾。雖然那晚交會極為短暫，可在Ellen心中種下了好奇的種子，她因此接觸了服裝設計，甚至直接從廣告系轉系，重讀大學四年，就為了朝時尚產業更近一步。

兩年後，Ellen一舉拿下了潛力設計新秀，在接受媒體採訪時，有人問起Ellen的創作之初，她提起了這段往事，媒體因而找起了魏瀾與蕭黎暄，卻沒有人知道兩大品牌背後各自的推手究竟去哪了。

Ellen看向展場外的璀璨煙火，她相信，魏瀾與蕭黎暄肯定正在某處一同看著這場花火。

事實上，確實是如此。

「哈啾——」

方踏上酒店頂樓花園的蕭黎暄打了個噴嚏，蕭黎暄揉揉鼻子，對著前方的魏瀾咕噥道：「肯定有人在想我，所以我才打噴嚏。」

聞言，魏瀾眉梢微抬，轉身面對蕭黎暄，伸手拉攏蕭黎暄身上的風衣一邊道：「妳該慶幸我對妳的想念不會過敏，不然……」

魏瀾揚起唇角，上下掃了眼蕭黎暄，目光炯炯有神，眸中藏了些別的心思。見狀，蕭黎暄翻個白眼，擰了把魏瀾的腰間。

「妳最好給我一個合情合理的理由！不然我就把妳從這推下去，哼哼。」

魏瀾微微一笑，知道夜晚風大，主動從後面抱住蕭黎暄，指著遠方煙火說道：「那是北流的方向，那大概是閉幕的煙火表演……妳再往那看。」

蕭黎暄順著魏瀾手指的方向望去，只見到一片家戶燈火，看了好幾眼都沒看明白，於是，魏瀾只好直接點明道：「那是我們以後的家。」

蕭黎暄一愣，這才想起那方向確實是她們未來的家。

魏瀾手指的方向，有棟透天豪宅正在興建當中，全由蕭黎暄的表哥蕭旭昇，同時也是魏瀾曾經的相親對象一手包辦。

或許是因為夜風微涼，又或許是不想讓魏瀾見到自己臉上的赧然，蕭黎暄往後靠，整個人窩在魏瀾的懷中。

魏瀾輕撫蕭黎暄的髮，看向北流方向，想起了許多事，喃喃道：「我們大概注定要這樣競爭一輩子了。」

從學生時期的學姐學妹，到出社會後的棋逢敵手，以及此刻各有品牌團隊的搶占市場，似乎兩人在外人面前，沒有一刻是和平共處的。

聞言，蕭黎暄不禁勾起唇角，從魏瀾懷中掙脫，走到魏瀾的對立面，直面魏瀾。

魏瀾望著眼前美麗迷人的女人，深深地凝視著，移不開眼。

經過長居異國兩年的淬鍊下，蕭黎暄似乎更加自信動人，身姿傲然，雙眼漫著星光，倘若不努力追趕，便無法抓住似的。

而在蕭黎暄眼裡，魏瀾也是一樣的。

兩年前，魏瀾正是從艾偌總經理卸任，改投身於ＡＩＪＯ，創立與艾偌截然不同的品牌風格。

當時，沒有人相信魏瀾做得到，除了蕭黎暄。

兩年後，魏瀾帶著旗下團隊，征戰台北時裝週，在時尚產業交出亮眼成績，成為新興品牌代表之一。

經過兩年的風雨，魏瀾站穩了腳步，挺直背脊，樂意接下所有挑戰，領著團隊持續前行。她的目光堅毅、眼神清澈，舉手投足間變得更加自信大方有底氣。

她們處於同個產業之中，只是立於世界不同之處，可她們仰頭看著同一片天空——這是支撐她們走下去的力量。

她是蕭黎暄，不只是ＥＡ：Ｌ的設計總監；她是魏瀾，不只是ＡＩＪＯ的創辦人。

無論是哪一種身分，她們都是彼此的最佳敵手，以及，最親密的愛人。

「——『一輩子』聽上去，不是挺好的嗎？」蕭黎暄說。

魏瀾點頭，朝蕭黎暄伸出手，掌心向上，唇角微揚，清冷的嗓音乘風遠逝，伴著煙火綻放，一片璀璨。

「那就這麼持續一輩子吧？」

夜色之下，蕭黎暄伸出手，放到了魏瀾手上，接著，她使力拽過魏瀾，雙手環上魏瀾的脖頸，吻上微涼的薄唇。

她的唇，一如既往的涼薄；她的吻，始終如一的溫熱。

唯一不同的，是酒店房間的書桌上，兩人疊在一起的身分證下方，多了一張結婚書約。

唇吻之間，藏了一個永遠。

（全文完）

蕭黎暄總覺得魏瀾無所不能——或許是自學生時期的仰望，到出了社會後的你爭我奪，蕭黎暄下意識認為魏瀾是強大的、無可撼搖的——

直到引擎蓋發出異響，兩人齊打開引擎蓋的剎那，蕭黎暄這才知道……

「魏瀾，原來妳也是個女人啊，會尖叫。」

「……」

魏瀾的臉色沒有這麼難看過。

魏瀾那輛低調的黑色消光轎車在路上並不惹眼，可對於寒冬中的浪浪們來說，這是最好的避寒之地，包括現在困於引擎蓋中的這隻黑貓。

只有耳聞從未親身撞見受困流浪動物的蕭黎暄一時間有些無措，著急之餘，向魏瀾尋求意見。

「魏瀾，妳覺得怎麼辦？不可能放著不管吧？」

然而，魏瀾一臉正經，淡淡回道：「換台車，這台就這樣放著吧。」

「……」

有錢人的思維蕭黎暄真的不懂，但她不會允許。蕭黎暄伸手一把往魏攔腰上擰，一邊道：「給我想一個不用換車的解決辦法！」

魏瀾默默揉著腰間，瞅了眼引擎蓋中那隻似乎欲往深處鑽的黑貓，嘆口氣，轉頭對蕭黎暄說道：「伸手抓出來，不然就用食物引誘。」

是個正常的解決方式，但是，不可行。大抵是打開引擎蓋的瞬間強光照進，那隻小黑貓立刻往引擎深處鑽，看得到卻無法觸及；魏瀾這車停在近郊宅邸中的車庫，附近無便利商店，更遑論寵物用品店，不太可能立刻生出罐罐或肉泥。

細想了一圈的蕭黎暄皺了下眉，甫回台過個聖誕節就遇上這種事，也不知道是幸還是不幸。

三年，是個不長不短的跨度。

三年時間，足以令一個英國新創服飾品牌步上正軌，讓身為「ＥＡ：Ｌ」設計總監的蕭黎暄得以喘口氣，抽空回台過聖誕節；三年時間，也足夠讓當初毅然決然自請降職的魏瀾重新找到自己在公司的定位，站穩腳步，領著自己的團隊前進。

三年過去，魏瀾與蕭黎暄共同買了房，方趕上聖誕節前夕交屋，生活看似趨於平淡穩定時，卻突如其來地闖入了一隻黑貓——

「……不然，先來想抓到後怎麼辦？」蕭黎暄說。

站在三步之外的魏瀾顯然不想靠近轎車，雙手抱臂，淡漠的神情中似乎帶著一絲抗懼，這讓蕭黎暄揚了揚眉梢，不禁道：「魏瀾，妳怕貓啊？」

「我沒有。」魏瀾答得飛快，又似乎像是想些什麼忽而道：「……不算，我這是討厭，毛多，麻煩。」

那就是會怕貓了。

魏瀾杵在那，瞧蕭黎暄那似笑非笑的神情抿了下唇角，悻悻道：「再不想辦法貓都要凍死了。」

聞言，蕭黎暄「啊」了聲，趕緊查看小貓的狀況，這才發現那在引擎深處的小貓在發抖，似乎不是因為害怕，而是失溫。

察覺到這點後，蕭黎暄頓時慌張不已，見狀，魏瀾嘆口氣，打開車門，從後座拿出本該要帶去C&R的烤雞，動手拔下了一個雞腿，遞給了蕭黎暄。

「拿去試試。」魏瀾說。

蕭黎暄怔怔地看著魏瀾，不可置信地說道：「但這不是……」

「我會跟趙綺解釋，去試。」

蕭黎暄猶豫了下，伸手接過那烤雞，走到了引擎蓋前開始以美食誘捕小貓。魏瀾走到蕭黎暄斜後方目睹這一切。那隻受困的小貓似乎真的餓壞了，在蕭黎暄將雞腿湊近車身時，那小貓探了探頭，慢慢這粗劣的誘捕戰術居然成功引出小貓，完整露出了那瘦弱又乾癟的身形。

在小貓完全走出的剎那，蕭黎暄左手持雞腿，右手往前撈住小貓，大喊道：「我抓到了！」邊立刻往後退遠離轎車，深怕一個不小心讓小貓再次鑽回去。

「喵——」

那隻小黑貓似乎想掙扎，但又明顯貪著蕭黎暄手上的雞腿，那模樣令魏瀾有些哭笑不得。怎麼好像看見某人似的？

在蕭黎暄手忙腳亂之際，魏瀾拿過蕭黎暄手上的雞腿，一邊遞出車上的蓋毯。蕭黎暄訝異了下，那蓋毯魏瀾相當喜愛，她沒想到魏瀾願意將蓋毯給這隻又髒又臭的小黑貓。

魏瀾彷彿看穿蕭黎暄的心思，淡淡道：「不然怎麼辦？」

蕭黎暄嫣然一笑，親了下魏瀾的臉頰，喜孜孜地用蓋毯包住小貓。在旁的魏瀾嘆口氣，眼神無奈中透出一絲寵溺。

實在是，沒辦法啊。

◆◆◆

前往獸醫院路上，坐在副駕駛座上的蕭黎暄哼著歌，顯然心情不錯，駕駛座上的魏瀾瞥了一眼，抿抿唇。蕭黎暄察覺到魏瀾的視線，望了過去，見到魏瀾緊繃的側臉，忍俊不禁。

「魏瀾，妳真那麼怕貓啊？」

魏瀾目不斜視，似是想起什麼不好的回憶，平聲道：「……小時候被貓抓過、被狗追過、被鵝啄過、被雞嚇過。」

「……」

這到底是過上怎樣的童年啊！蕭黎暄用蓋毯細細地包裹著有些失溫的小貓，一面忍笑一面道：「為了避免魏大經理想起童年陰影，我只好替牠找個好人家了。」

魏瀾壓了下唇角，沒應聲，腳踩油門朝著獸醫院筆直而去。

獸醫院位於市中心內，距近郊宅邸有段距離，經過半小時車程後兩人一貓才順利抵達獸醫院。看診途中，魏瀾接到了趙綺的電話，因而走出診間，一接起電話便聽到話筒另端的趙綺劈頭道：『我的烤雞呢！妳們人呢！妳們在車上做不可描述的事是不是！』

魏瀾無語了會，向盛怒中的趙綺解釋起來龍去脈。語畢，趙綺沉默了下，幽幽道：『這是真愛了啊，魏瀾。』

不等魏瀾回應，趙綺自顧自地繼續說道：『我記得妳很討厭動物，沒想到妳居然讓流浪貓進妳的車，我是真的很意外。』

站在獸醫院外的魏瀾手持手機，看進院內，凝視著診間內的倩影，目光柔和了幾分，淡淡道：「沒辦法，蕭黎暄喜歡。」

兩人又聊了幾句後魏瀾才掛上電話走回獸醫院，這時，蕭黎暄也走出診間，將醫囑轉述給魏瀾。

「……總之，今天小貓先住院觀察，明天再來一趟，之後看要怎麼安置牠。」蕭黎暄說。

魏瀾點點頭，站在一旁看著蕭黎暄依依不捨地跟那隻小貓道別的模樣，輕吁口氣，無奈地扯了下唇角。

看來還是得這麼做了。

當蕭黎暄一坐上車，正要繫安全帶時，一張精緻冷淡的面容在眼前急遽放大，伴著一股淡淡薄荷香縈繞，蕭黎暄手一頓，直直地看進那雙黑眸。

魏瀾的雙手撐在蕭黎暄的身側，在蕭黎暄開口前，魏瀾先道：「名字。」

「……嗯？」

蕭黎暄有時候會覺得魏瀾話太多——例如在床上上她時總愛耍流氓，說著不三不四的下流話，但有時候話又太少讓人跟不上，例如，現在。

就在蕭黎暄放棄思考之際，魏瀾幽幽道：「黑貓的名字。」

蕭黎暄愣了下，正要說「取名沒有意義，之後也要送養」時，她見到了那雙黑眸中的溫柔與認真。

魏瀾上身前傾，頭靠在蕭黎暄肩上，語氣淺淡，卻又是那樣慎重。

「今天我帶妳回家，明天我們帶牠回家。」

蕭黎暄一怔，眼眶有些熱。她眨眨眼，低應了聲，又聽到魏瀾催促著小貓的名字。蕭黎暄蹭了下魏瀾，莞爾一笑。

「牠叫白襪。」

魏瀾抬起頭，拉開彼此間的距離，眼中透出疑惑，蕭黎暄解釋道：「小時候過聖誕節，我爸媽會在我床頭的襪子裡放五十元硬幣，持續整個十二月——我永遠記得，那是隻白襪，上面還有黑色圓點，而且……」

話說到這，蕭黎暄忽而舉起手，手掌握拳，朝著魏瀾做出了招財貓的動作，認真道：「我們的貓也有『白襪』，牠的四隻腳是——唔……」

後面的話，隱沒於唇吻之間。蕭黎暄瞇起眼，雙手環上愛人的脖頸，輕柔而繾綣。

儘管冬夜冷寒，可對兩人來說，這個聖誕日暖風和。

（番外篇完）

後記

二〇二二年決定要寫《她的唇，她的吻》的時候，我正處於精神相當疲憊的狀態，在那種狀態下我就想寫御姐；既然我要寫御姐，那就一次寫兩個好了，兩個剛剛好不嫌多。（嗯？）

既然我都要寫兩個御姐了，總覺得甜甜蜜蜜地談個戀愛沒意思，那就來寫個針鋒相對、棋逢敵手的兩個人好了，於是便有了敵對設定。

在這次的故事中，是先有魏瀾，再有蕭黎暄。在寫魏瀾的角色設定時，我細想了一圈自己沒少寫過御姐，但還有什麼是我沒寫過的呢？我便想到了自己似乎還沒寫過臭直男談戀愛，那就來寫個外表高冷霸總、內裏是個臭直男北極熊好了，哈哈哈。

完善魏瀾的角色設定後，我腦中有個畫面是，有個人站在魏瀾的對立面，趾高氣昂、美豔囂張，有著絕對的自信與驕傲——只有這樣的人，才能入魏瀾眼裡。

這個人必須得一身傲然與倔強，所以才會選擇走到魏瀾的對立面，而不是並肩同行。

而這個人，我會希望她的強大並非是天生的，而是為了另外一個人——這樣單純的念想，支撐她許多年。

這個人便是蕭黎暄。倘若說，我改寫成一開始就是要強的兩個人你爭我奪，其實也沒什麼不好，但我細細想過之後，我覺得，比起一開始就是強大的，我更喜歡為了追趕上另外一個人而做出努力的感覺，我喜歡純粹而簡單的信念，蕭黎暄便是。

大學時的蕭黎暄既不勇敢也不主動，眼睜睜地看著魏瀾有了葉靖陽，而原因僅是因為葉靖陽的主動，魏瀾也對葉靖陽並不反感，因此答應了。

畢業之後，蕭黎暄想也不想就因為魏瀾栽進了時尚業，但這一次，她不再追逐那道光，而是拚命成為比那道光更耀眼的存在——我覺得這樣的蕭黎暄是很迷人的，寫起來也很有趣，不知道你們喜歡不喜歡這樣的蕭黎暄呢？

蕭黎暄的感情是相當清楚且堅定的，她知道自己喜歡的是誰，但魏瀾不是。魏瀾就是「高ＩＱ、低ＥＱ」的臭直男，高冷霸總的外表切開來就是一隻對戀愛什麼都不懂的北極熊。她不懂迂迴、不懂彎繞，更不懂得隱藏，喜歡就是喜歡、在意就是在意，談戀愛起來直接了當，身為親媽的我有時寫到一半都覺得「天啊，妳分點智商到情商好嗎！」的程度。

不過就是因為魏瀾既聰明又呆蠢，所以寫起來特別順手，談個可可愛愛的戀愛也挺好的，雖然蕭黎暄估計往後都會被氣得七竅生煙，哈哈哈。

總之，我很喜歡這次私心滿滿的作品，若這個故事有帶給妳們不錯的閱讀體驗那就太好了。

這段期間謝謝 Lorraine & Amy 的協助、謝謝育婷的幫忙、謝謝 kadokado 角角者、謝謝台灣角川，謝謝所有為《她的唇，她的吻》付出心力的相關人員，沒有你們便無法將《她的唇，她的吻》付梓出版。

最後，謝謝我的讀者們，謝謝妳們無論我在哪裡寫出怎麼樣的故事、帶來怎麼樣的劇情，妳們都一如既往地用自己的方式表達喜愛與支持。

這樣的妳們，是最溫暖且耀眼的存在，而能擁有妳們這些讀者，我便是這世上最幸運的作者。

希澄

國家圖書館出版品預行編目 (CIP) 資料

她的唇，她的吻 / 希澄作 . -- 初版 .
-- 臺北市 : 臺灣角川股份有限公司 ,
2023.11
面 ; 公分

ISBN 978-626-378-181-8 (平裝)

863.57 112015473

她的唇✦她的吻

作者　希澄
插畫　JUAN 捲

2023 年 11 月 23 日 初版第 1 刷發行

發行人　岩崎剛人
總監　呂慧君
編輯　陳育婷
設計主編　許景舜
印務　李明修（主任）、張加恩（主任）、張凱棋

台灣角川

發行所　台灣角川股份有限公司
地址　104 台北市中山區松江路 223 號 3 樓
電話　(02) 2515-3000
傳 真　(02) 2515-0033
網址　http://www.kadokawa.com.tw
劃撥帳戶　台灣角川股份有限公司
劃撥帳號　19487412
法律顧問　有澤法律事務所
製版　尚騰印刷事業有限公司
ISBN　978-626-378-181-8